Das Buch der Schattenflüche

MICHAEL BORLIK

SCARY CITY

DAS BUCH DER SCHATTENFLÜCHE

Thienemann

Ich möchte mich ganz herzlich bei meinen Testlesern Frank Maria Reifenberg und Stefanie Leo für ihre wertvollen Tipps und Anregungen bedanken.

Inhalt

Prolog 6
Das fliegende Auge 10
Die anderen 15
Ein wimmernder Sack 22
Tic 28
Die Nightscreamer 35
Nummer dreizehn 44
Der alte Konrad 51
Morczane 59
Angriff aus dem Hinterhalt 67
Poltergeist 75
Verbotene Magie 80
Das Geheimnis der Spiegelreisen 84
Erdgnome 89
Der Torwächter 95
Willkommen im Schattenschlund 102
Zum Schwarzen Skarabäus 111
Angriff der Nightscreamer . 120
Hinterhalt 127
Die Königin der Nacht 133
Die verlorene Zeit 140
Spiegelreise 146
Die Macht des Dämons ... 153
Die Prophezeiung der Todesfeen 165

Prolog

»Bitte, tu mir nichts«, flehte der alte Mann. Schweißperlen glitzerten auf seiner Stirn. »Ich weiß wirklich nicht, wovon du sprichst.«

»Halt mich nicht zum Narren, Konrad«, fauchte sein Gegenüber, eine hochgewachsene, ungewöhnlich schlanke Gestalt mit Hut und Trenchcoat. Sie sah wie einer dieser billigen Gangster aus einem altmodischen Schwarz-Weiß-Film aus. Was viel schlimmer war: Sie verströmte einen widerlichen Geruch nach Tod und Verwesung. »Entweder spielst du in unserer Mannschaft oder in gar keiner«, fügte sie hinzu. »Also überleg dir deine nächste Antwort gut!«

»Du weißt nicht, was du von mir verlangst.« Der Alte ballte die Hände zu Fäusten. »Ich habe geschworen, es mit meinem Leben zu beschützen.«

»Tja, manche Versprechen sollte man gar nicht erst geben.« Der andere schnippte mit der rechten Hand, aber seine bandagierten Finger verursachten kaum einen Laut. Trotzdem traten aus dem Schatten der Bücherregale weitere Männer hervor, die ihre untere Gesichtshälfte hinter Schals verbargen. Einer von ihnen spielte mit einem Butterfly-Messer und ließ die Klinge, die silbrig im Licht der nackten Glühbirne schimmerte, wie ein lebendiges Wesen durch seine Finger tanzen.

»Nein, bitte.« Der alte Mann wich langsam zurück, bis er mit dem Rücken an die Ladentheke stieß. Nun warf er einen verzweifelten Blick zu der Tür, die in sein Büro führte. Dort gab es ein Telefon, aber bis dahin würde er es niemals schaffen.

»Meine Geduld ist am Ende, Konrad. Gib mir das Buch oder stirb. Du hast die Wahl!«

Der Alte presste die Lippen aufeinander, sodass sie zu einem dünnen, wie mit dem Bleistift gezogenen Strich in seinem Gesicht wurden. Furcht und Stolz kämpften in seinem Inneren um die Oberhand. Aber er war nun mal jemand, der zu seinem Wort stand. Insbesondere wenn er es einer Göttin gegeben hatte. »Niemals!«, brach es aus ihm heraus. »Eher nehme ich mit ins Grab, wo das Buch versteckt ist, als es Vlad zu überlassen.«

»Falsche Antwort.« Die Gestalt im Trenchcoat trat in den

dunstigen Schein der Glühbirne, die über der Ladentheke baumelte. Dann riss sie sich den Hut vom Kopf.

Der alte Mann erschauderte. Er hatte gewusst, dass der andere kein Mensch war. Aber der Hut und die notdürftige Ladenbeleuchtung hatten sein Gesicht in Schatten getaucht, sodass er erst jetzt richtig sah, womit er es zu tun hatte: einer Mumie.

Ihr Gesicht war komplett bandagiert. Die Augen jedoch glühten in einem feurigen Gelb. »Wie du meinst.« Eiter quoll durch die jahrtausendealten Bandagen, dort, wo sich der Mund befinden musste. »Wir werden es auch ohne deine Hilfe finden.«

Mit zittrigen Fingern schob der alte Mann sich die Brille hoch. »Damit … damit kommt ihr nicht durch, hörst du? Myrddin wird sich um alles kümmern. Er weiß schon, was zu tun ist.«

Die Mumie lachte. »Selbst *er* kann Vlad nicht aufhalten.«

»*Er* vielleicht nicht, aber der Bezwinger der Dämonen kann es. Myrddin ist bereits auf dem Weg zu ihm und er wird ihn auf die letzte Schlacht vorbereiten.«

»Unsinn, der Bezwinger der Dämonen ist nur eine Legende. Ein Märchen!«

»Manche Legenden enthalten mehr Wahrheit als andere«, entgegnete der Alte und lachte triumphierend. »Ich sage dir, er wird kommen. Auch wenn er noch nicht weiß, dass das Schicksal ihn auserwählt hat. Und er wird Vlad und seine … arrgh!«

Die Hand der Mumie war blitzschnell vorgeschossen. Wie eine Stoffpuppe riss sie den alten Mann in die Höhe, der nun hilflos mit den Beinen strampelte, während die knochigen Finger des Monsters sich immer fester um seine Kehle schlossen.

»Du hast schon immer zu viel geredet, Konrad.« Plötzlich war ein Knacken zu hören und der Körper des Alten erschlaffte. Achtlos ließ die Mumie ihn zu Boden fallen.

Im gleichen Augenblick drang ein unterdrücktes Keuchen aus dem Schatten eines Bücherregals.

Die Mumie wirbelte herum. »Da ist noch jemand. Sucht ihn und bringt ihn zu mir!«, befahl sie ihren Begleitern. »Wollen doch mal sehen, was wir aus ihm herauskitzeln können.«

Das fliegende Auge

Mats war auf der vorletzten Seite des Comics angekommen. Sein Blick flog über die düsteren Zeichnungen, saugte jeden einzelnen der coolen Sprüche auf, die die Helden ihren verwesenden Gegnern an die Köpfe knallten. Gleich kam der Showdown. Mats' Finger, feucht vor Nervosität, schlugen das knisternde Papier um. Da war er, der Anführer der Zombies. Wow, er war viel größer als die anderen Untoten. Und er sah echt widerlich aus. Das rechte Auge baumelte aus seiner Höhle, die linke Gesichtshälfte war nur noch weißer Schädelknochen. Mats schluckte. Vor allem aber sah der Oberzombie stinkwütend aus. Er schwang eine blutbesudelte Kettensäge, um damit die letzten Überlebenden der Menschheit …

»Erwischt!«

Mats flog in die Höhe und starrte die Erscheinung im Türrahmen an.

»Mum«, platzte er im nächsten Moment heraus. »Mach das nie wieder!«

»Wen hast du erwartet? Frankensteins Braut?« Seine Mutter lachte und zwinkerte ihm zu. »Jetzt schalte das Licht aus. Wir haben gleich Mitternacht.«

»Ich hab morgen aber erst zur Dritten«, entgegnete Mats. »Außerdem bin ich auf der letzten Seite.«

»Na schön, du kannst noch zu Ende lesen. Aber wehe, du schläfst mir morgen Nachmittag bei der Arbeit ein.«

»Das wird schon nicht passieren.« Mats und seine beste Freundin Lucy arbeiteten neuerdings im Hotel seiner Eltern, um ihr Taschengeld aufzubessern. »Und jetzt gute Nacht, Mum«, fügte er hinzu. »Es ist gerade superspannend!«

Kopfschüttelnd zog seine Mutter die Tür hinter sich zu. »Schlaf gut.«

Mats hörte sie längst nicht mehr. Sein Blick klebte bereits wieder am Comic, in dem die letzten Überlebenden der Menschheit gerade ihrem Ende entgegensahen. Es gab kein Entkommen. Keine Hoffnung. Aber was war das? In dem Moment, als der fiese Oberzombie die Menschen fast erreicht hatte, tauchte wie aus dem Nichts Mad Jack auf. Eine Art Super-Indiana-Jones, über den alle dachten, dass er von der Zombieprinzessin gefressen worden wäre.

Mit einem Mal leuchteten Mats' Augen. Mad Jack war der

coolste Held, den es gab. »Wie wäre es mit einem Freifahrschein direkt in die Hölle?«, rief dieser mit schallendem Gelächter und rammte eine Handgranate zwischen die blanken Rippen des Oberzombies. Drei Sekunden später war der Anführer der Untoten nur noch ein qualmender Fleischberg.

Mats fiel mit einem *Uff* zurück ins Kissen. Natürlich war das Abenteuer längst nicht vorbei, sondern ging im nächsten Band *Die Zombies schlagen zurück!* weiter. Aber wenigstens war der Rest der Menschheit gerettet. Zumindest vorerst. Gähnend tastete Mats nach dem Lichtschalter und löschte die Lampe neben seinem Bett. Sofort wurde es dunkel und nur durch den Vorhang auf der anderen Seite des Zimmers fiel noch ein silberner Streifen Mondlicht.

Mats gähnte erneut. Jetzt erst merkte er, wie müde er war. Die Augen fielen ihm zu …

Krawumm. Etwas war gegen sein Fenster gekracht. Sofort war Mats wieder hellwach. Was konnte das gewesen sein? Sein Zimmer lag im zwölften Stock vom Hotel Greifenhall. Niemand konnte so hoch werfen! Mit einem Satz war er aus dem Bett und stolperte zum Vorhang. Ganz langsam zog er ihn ein Stück beiseite … und erstarrte. Er musste träumen. Keine Frage. Denn was er da sah, war ein fliegendes Auge, das ihm benommen zuzwinkerte. Es hatte Fledermausflügel und eine leuchtend rote Pupille.

Shit, dachte Mats. Was ist hier los?

Entweder war er gerade verrückt geworden oder er litt an einem akuten Anfall von Halluzination. Einmal mehr blinzelte ihm das Auge zu, dann sauste es dem sternenklaren Nachthimmel entgegen. Mats beugte sich vor und beobachtete, wie es an der Regenrinne vorbei aufs Dach des Greifenhall verschwand.

»Total irre«, murmelte Mats.

Noch immer stand er wie erstarrt da, als er auch schon den nächsten Schock verpasst bekam. Eine zweite Kreatur tauchte auf. Das fliegende Auge war schon unheimlich gewesen, aber die neue Bestie war zehnmal schlimmer. Sie erinnerte Mats an einen Panther, aber es war keiner, denn sie bestand aus purer Finsternis. Und sie strahlte etwas so Bösartiges aus, dass sich ihm augenblicklich die Nackenhärchen aufstellten.

Dieser Schattenpanther – oder was immer es war – hatte weder Augen noch Maul. Zumindest sah es für Mats so aus. Dafür klickten seine Krallen bedrohlich bei jedem Schritt, während er in geduckter Haltung die Außenfassade des Hotels emporkletterte, als gäbe es für ihn keine Schwerkraft. Mats zog unwillkürlich den Kopf tiefer zwischen die Schultern. Das Vieh suchte etwas. Das erkannte er an der Art, wie es die Schnauze hin und her schwenkte. So, als schnüffelte es. Das fliegende Auge! Bestimmt war es hinter ihm her.

Plötzlich machte der Panther einen Satz und hockte direkt neben dem Fenster.

Mats öffnete den Mund, aber kein Ton kam heraus. Eigentlich wollte er gar nicht schreien. Er fühlte nicht mal echte Panik, stattdessen kribbelte es in seinem Bauch vor Aufregung. Doch dann drehte der Schattenpanther den Kopf in seine Richtung und das Böse, das von ihm ausstrahlte, traf Mats mit voller Wucht.

Er taumelte zurück und stolperte über etwas am Boden. Sofort rappelte er sich wieder auf und tastete sich durch sein dunkles Zimmer zum Bett vor. Die Decke zog er sich bis über die Nase, während er die nächsten Stunden stocksteif dalag und das Fenster gebannt im Blick hielt.

Die anderen

Mats tastete nach dem Wecker, um sein nervtötendes Geklingel abzustellen. Nun blinzelte er in das Sonnenlicht, das durch seinen Vorhang fiel. Schlagartig kehrte die Erinnerung an vergangene Nacht zurück. Er fuhr hoch und der Comic, der die ganze Zeit über auf seinem Bett gelegen hatte, segelte zu Boden.

Mats starrte ihn an und ein verschämtes Lächeln breitete sich auf seinem Gesicht aus. *Natürlich* gab es keine fliegenden Augen oder Schattenpanther. Er hatte es bloß geträumt. So, wie er manchmal von Zombies oder Werwölfen träumte, wenn er wieder zu tief in eines von Mad Jacks verrückten Abenteuern abgetaucht war. Dieses Mal hatte der Traum eben nur besonders realistisch gewirkt. Er stand auf, riss den Vorhang auf und verschwand im Bad.

Sobald Mats sich angezogen hatte, verließ er die Wohnung, die er zusammen mit seinen Eltern im obersten Stockwerk des Hotels bewohnte. Und weil er keine Aufzüge mochte, benutzte er die Treppe. Sie war mit einem weichen dunkelroten Teppich ausgelegt, der unter seinen Schritten federte. In regelmäßigen Abständen sorgten Kristallleuchter für ein warmes Licht. Die Gäste, die im Greifenhall abstiegen, waren stinkreich. Aus diesem Grund kümmerten Mats' Eltern sich meistens persönlich um die vielen kleinen und großen Wünsche ihrer Gäste. Vermutlich waren sie schon wieder seit Stunden auf den Beinen.

Als Mats in den ersten Stock kam, blieb er stehen. Der rechte Korridor war nur schwach erhellt, weil man die Leuchter auf Wunsch des neuen Gastes gedimmt hatte. Ein mysteriöser Typ, der gestern angereist war und alle Suiten auf dem Gang gebucht hatte, obwohl er nur eine einzige bewohnte: die Nummer dreizehn. Normalerweise gab es in einem Hotel kein Zimmer mit der Nummer dreizehn, aber Mats' Eltern waren nun mal nicht abergläubisch. Und wer nicht darin wohnen wollte, dem standen genug andere Suiten zur Auswahl.

Mats hatte bloß einen kurzen Blick auf den Neuankömmling werfen können, der in einer weißen Stretchlimousine vorgefahren war, sein Gesicht jedoch unter einem breitkrempigen Schlapphut und hinter einer riesenhaften Sonnenbrille verborgen hatte. Ob er ein Star war? Schon wollte Mats weitergehen, als er im Halbdunkel des Korridors eine Bewegung bemerkte. Eine kleine graue Gestalt lugte hinter dem Topf einer Zierpalme hervor. Doch gerade als Mats genauer hingucken wollte, schob sich eine fette Frau in einem lavendelfarbenen Kleid in sein Sichtfeld.

»Der Aufzug, Junge. Wo ist der Aufzug?«

Mats deutete hinter sich und die fette Frau trippelte davon. Natürlich war das, was ihn angestarrt hatte, längst verschwunden. Er fluchte. Wenn das mal keine Ratte war. Die Hotelgäste würden durchdrehen!

Die restlichen Stufen ins Erdgeschoss nahm Mats im Laufschritt. Allmählich wurde die Zeit knapp. Nach einem schnellen Frühstück in der Hotelküche flitzte er zur Haltestelle und fuhr mit der Bahn zum Alexanderplatz, wo sich die Spitze des Berliner Fernsehturms dem tiefblauen Himmel entgegenreckte, als wollte sie ihn zum Platzen bringen.

»Jeden Morgen der gleiche Mist!« Mats kämpfte sich durch die Menschenmenge, um zu seinem Zug zu kommen. Plötzlich kribbelte es in seinem Nacken. Er drehte sich um und sah einen riesigen Schlapphut wie den Rücken eines Wals aus der Menge auftauchen und wieder darin versinken. War das etwa der Gast aus Nummer dreizehn? Aber warum sollte der ihn verfolgen?

»Hey, träum nicht! Wenn wir die Bahn verpassen, kommen wir schon wieder zu spät!«

Mats fuhr herum und wäre fast mit Lucy zusammengeknallt. Ihr Lächeln war so ansteckend, dass Mats automatisch zurückgrinste. Sie mussten beide auf dem Weg zur Schule am Alexanderplatz umsteigen.

»Wieso zu spät?«, fragte er.

»Hast du mal auf die Uhr geguckt?«

»Oh, verdammt, noch zwei Minuten. Lauf, die erwischen wir noch!«

Die beiden rannten los und quetschten sich im letzten Moment durch die sich schließenden Türen, bevor die Bahn auch schon losruckelte. Mit hochroten Köpfen klammerten sie sich an die Haltestangen und lachten gleich darauf los. Es war immer dasselbe mit ihnen. Mats konnte sich gar nicht mehr daran erinnern, ob sie überhaupt jemals pünktlich waren.

»Heulsuse«, zog er Lucy auf, weil ihr beim Lachen immer die Tränen in die Augen schossen.

»Blödmann«, sagte sie lächelnd und wischte sie weg.

Für Mats war Lucy das schönste Mädchen der Welt. Sie hatte tolle Augen, leuchtend nebelgrau. Und dazu langes, rabenschwarzes Haar. Sie war eben absolut wow! Aber beste Freunde waren tabu, ganz klar. Ein absolut dämliches Gesetz, wie Mats fand. Allerdings wollte er auch nicht riskieren, Lucy zu verlieren, indem er sie mit schmalzigen Liebeserklärungen verschreckte. Dafür war sie ihm einfach zu wichtig.

»Nora hat mich gestern zu ihrem dreizehnten Geburtstag eingeladen«, sagte Lucy.

»Gehst du hin?«

»Zu dieser Spinatwachtel? Nie im Leben! Das letzte Mal durfte ich mir die ganze Party über anhören, wie blass mich meine Haare machen würden. Und dass ich viel öfter ein Kleid tragen sollte.« Lucy verdrehte die Augen. »Wenn ich eine Typberatung wollte, wäre Miss *Für-Pink-könnte-ich-glatt-sterben!* die Letzte, die ich um Rat fragen würde!«

Das gefiel Mats so an Lucy. Sie war immer sie selbst und ließ sich von niemandem etwas vorschreiben.

Während der Bahnfahrt wagte Mats nicht, von seinen seltsamen Träumen zu erzählen. Zu viele Zuhörer. Aber sobald sie ausgestiegen waren, legte er los. Lucy reagierte jedoch anders, als er erwartet hatte. Weder lachte sie, noch schob sie es auf seine Comicsucht, sondern starrte ihn nur düster an. Kurz hatte Mats den Eindruck, als wolle sie ihm ebenfalls etwas erzählen. Lucy hatte sogar schon den Mund geöffnet, aber dann schloss sie ihn wieder.

Mats runzelte die Stirn. Sie hatten doch sonst keine Geheimnisse voreinander. »Stimmt was nicht?«

»Wieso?«, fragte Lucy patzig und verschränkte die Arme vor der Brust. »Ich muss nur mal aufs Klo. Das ist alles. Wir sehen uns oben in der Klasse.« Und damit war sie auch schon weg.

Mats machte sich auf den Weg in seine Klasse. Er hatte keine Ahnung, was in Lucy gefahren war. So abweisend hatte er sie noch nie erlebt. Plötzlich erschien ihm dieser Tag sehr viel trüber als noch vor ein paar Minuten, als sie zusammen in der Bahn gelacht hatten.

Die letzten beiden Stunden fielen aus. Hitzefrei. Kein Wunder, seit einigen Wochen herrschten in Berlin Temperaturen wie in der Sahara. Mats und Lucy fuhren wie immer gemeinsam zurück zum Alexanderplatz, jedoch blieb Lucy die ganze Fahrt über ziemlich still. Mats schaute mehrmals zu ihr rüber, aber sie wich seinem Blick jedes Mal aus. Kaum waren sie ausgestiegen, rauschte Lucy auch schon davon.

Was soll das?, dachte Mats und starrte ihr mit Magengrummeln nach, wie sie zwischen den anderen Fahrgästen verschwand.

Über die Treppe verließ er die U-Bahn-Station und betrat den Alexanderplatz, und während er noch über Lucy grübelte, passierte etwas ganz und gar Merkwürdiges. Plötzlich fühlte er sich nicht mehr als Teil der Menge, sondern wie ein

Außenstehender, ein stiller Beobachter. Wie im Zeitraffer strömten die Menschen an ihm vorüber. Und zwischen ihnen entdeckte er die *anderen*. Sie trugen trotz der kaum erträglichen Temperaturen Mäntel, Hüte und Schals. Mit gesenkten Köpfen, hochgezogenen Schultern und in den Hosentaschen versenkten Händen schoben sie sich zwischen den gewöhnlichen Leuten hindurch. Gesichtslose Gestalten, die von niemandem bemerkt werden wollten. Bei ihrem Anblick stellten sich Mats' Nackenhärchen auf und ein Schauer lief ihm über den Rücken.

Wer zum Teufel waren diese Typen?

Ein wimmernder Sack

Mats wurde angerempelt und der sonderbare Moment war vorbei.

»Hey, stehst du immer so blöde im Weg rum?«, fuhr ihn ein Junge mit kahl rasiertem Schädel an. Er musste ein paar Jahre älter als Mats sein. »Mann, hast du einen irren Blick drauf«, sagte er als Nächstes und hatte es mit einem Mal sehr eilig, von Mats wegzukommen. Dabei hatte der ihn nicht einmal richtig angesehen, sondern durch ihn hindurch.

Mats' Blicke folgten noch immer den vermummten Gestalten. Es waren nicht wirklich viele, aber genug, dass sie auffielen. Irgendetwas ging in dieser Stadt vor sich, dessen war er sich sicher. Plötzlich erinnerte er sich an einen Vorfall aus der vergangenen Woche. Ein Hotelgast hatte den Spiegel in seinem Badezimmer zerschlagen und später erzählt, etwas habe ihn daraus angestiert. Dann war da noch eine Sondersendung im Radio gelaufen, in der der Nachrichtensprecher vor einem Rudel wilder Hunde im Tiergarten gewarnt hatte. Und vor ein paar Wochen war Mats über einen Artikel auf der Berliner Homepage gestolpert, in dem ein Tankstellenbesitzer behauptete, von einem Vampir überfallen worden zu sein. Damals hatte Mats gelacht, weil er es für einen Scherz hielt. Jetzt war er sich nicht mehr so sicher.

Ich habe nicht geträumt, durchfuhr es ihn, denn wenn die vermummten Gestalten real waren, mussten es auch das fliegende Auge und der Schattenpanther sein. Aber nicht nur mit Berlin, auch mit Mats ging etwas vor sich. Unter seiner Haut kribbelte es, als wären dort Millionen von Ameisen unterwegs. Und die Welt wirkte mit einem Mal heller, gleißender, realer, so, als hätte zuvor über allem ein Grauschleier gelegen. Aber wie war es dazu gekommen? Er erinnerte sich an den mysteriösen Gast aus Nummer dreizehn. Gestern Abend waren sie sich im Foyer begegnet. Quasi im Vorübergehen hatte er Mats die Hand geschüttelt. Völlig grundlos. Aber seitdem war alles anders. Als hätte der Handschlag etwas in Mats geweckt.

Ich brauche 'ne Abkühlung, dachte er und marschierte zum nächsten Kiosk. »Eine Cola.« Er legte das Geld auf die Theke.

»Pepsi oder Coke?«, fragte die Verkäuferin.

»Egal, Hauptsache, kalt!«

Nachdem Mats die kleine Flasche in einem Zug geleert hatte, fühlte er sich ein wenig besser. Er blickte in den blauen Himmel. Vielleicht kamen seine verrückten Gedanken ja auch von der Hitze. Womöglich hatte die Sonne ihm das Hirn ausgedörrt?! Am besten wäre, er würde das alles einfach vergessen und so tun, als wäre nie etwas geschehen. Ja, genau. Er schaute auf die Uhr. Sein Taschengeldjob im Greifenhall begann erst um 16 Uhr, bis dahin waren es noch gut zwei Stunden. Jetzt schon ins Hotel zu fahren, machte keinen Sinn. Was sollte er dort? Seine Eltern hätten eh keine Zeit für ihn. Außerdem hatte er mittlerweile tierischen Appetit auf ein Eis. Was sein Bauch mit einem leisen Knurren bestätigte.

Das beste Schokoladeneis auf der Welt gab es im Bezirk Mitte, in einem kleinen italienischen Café am Ufer der Spree. Die machten Schokoladenstücke und Kekskrümel ins Eis. Allein bei der Vorstellung lief Mats das Wasser im Mund zusammen. Also stieg er in den nächsten Bus und schleckte fünfzehn Minuten später an drei Megakugeln Schokoladeneis. Dabei schlappte er gemächlich über die Promenade an der Spree.

Scharen von Sonnenanbetern brieten auf dem schmalen Streifen Grün entlang des Ufers. Unglaublich, hatte heute denn absolut jeder frei? Mats ging weiter. Irgendwo musste es doch auch für ihn noch einen Platz geben. Doch plötzlich stand er vor einer Absperrung. Ein Schild warnte davor, dass ein Teil der Promenade aufgrund von Bauarbeiten gesperrt war. Mats blickte an der Absperrung vorbei. In einiger Entfernung war der Gehweg auf einer Länge von rund zwanzig Metern aufgerissen. Ein Bagger stand auf der zerfurchten Wiese und gleich daneben erhob sich ein Stapel rotbrauner Rohre. Gearbeitet wurde allerdings nicht.

Ach, was soll's, dachte Mats.

Er sah sich um. Niemand schaute zu ihm rüber. Also bückte er sich unter der Sperre hindurch. Auf den ersten Metern hatte er noch ein flaues Gefühl im Magen, aber als ihm niemand hinterherrief, verflog es. Um die Baustelle schlug Mats einen Bogen, indem er über die Wiese lief. Auf einmal grinste er. Keine Leute. Jede Menge Platz. Ein herrliches Gefühl. Er aß den Rest seines Eises auf und warf das Waffelhörnchen einer neugierigen Taube zu. Anschließend schlenderte er zu einem Baum – einer alten Weide, die ganz in der Nähe stand – und hockte sich in ihrem Schatten ins Gras.

Was ist nur in Lucy gefahren?, fragte er sich zum wiederholten Male, als ihn ein Windstoß traf. Mats verzog das Gesicht und rieb sich die Arme. Es war merklich kälter geworden. Gleich darauf stockte ihm der Atem, denn nun reckten sich ihm die Äste der Weide wie Tentakel entgegen. Mats drängte sich dichter an den Baumstamm. Was ging hier nur vor sich? In diesem Moment hörte er das Gelächter.

Mats blickte nach oben und erstarrte. Zwei riesige, gelb glühende Augen glotzten ihn höhnisch aus den Ästen der Weide an, bevor sie mit einem Blinzeln wieder verschwanden. Jetzt sah er schon wieder Dinge, die es eigentlich nicht geben durfte. Das reichte! Mats sprang auf, um davonzustürmen, und schrie auf vor Schmerz. Ein roter Striemen zog sich quer über seinen linken Arm, auf den einer der sich windenden Äste wie eine Peitsche niedergegangen war. Mats stürmte los, die Arme schützend vors Gesicht gehoben. Er hörte erst wieder auf zu laufen, als er warmes Sonnenlicht auf der Haut fühlte. Er blieb stehen, schaute jedoch nicht zurück. Keuchend stützte er sich auf die Knie. Dies war nicht mehr die Welt, wie er sie kannte, und trotzdem schien sie ihm wirklicher als jemals zuvor. So, als wären die Kreaturen von vergangener Nacht, die Vermummten und die gruselige Weide schon immer da gewesen, nur dass er bis vor Kurzem blind für all diese Dinge gewesen war.

Wenn er doch nur mit jemandem darüber reden könnte. Am liebsten wäre er auf der Stelle zu Lucy gegangen, aber nach heute Morgen war er sich nicht sicher, ob das so eine gute Idee wäre. Und wenn er einfach bei Gast Nummer dreizehn vorbeischaute, um herauszufinden, ob er wirklich etwas mit all dem zu tun hatte? Aber das war doch lächerlich, oder nicht?

Er warf einen Blick auf die Uhr. Verdammt, Viertel nach drei. Allmählich wurde es Zeit, sich auf den Rückweg ins Hotel zu machen. Mats steuerte auf eine nahe Brücke zu, die den Straßenverkehr über die Spree leitete und von der er wusste, dass es dort einen Treppenaufgang gab, der zu einer Bushaltestelle führte. Doch als er vor ihr stand, war auch die Treppe wegen der Bauarbeiten mit einem Zaun versperrt. Dann würde er eben drüberklettern müssen. Mats hing bereits halb am Bauzaun, als hinter ihm etwas aufs Wasser klatschte. Neugierig drehte er den Kopf und sah einen schmutzig braunen Leinensack, der auf der Spree trieb. Im nächsten Augenblick drang ein erbärmliches Wimmern aus dem Sack.

Mats' Herz zog sich zusammen. Ohne zu zögern, ließ er sich vom Zaun fallen, warf seinen Rucksack ab und sprang in den Fluss. Er bekam den Leinensack gerade noch zu fassen, bevor der von der Strömung unter Wasser gezogen werden konnte. Mats schwamm ans Ufer zurück und zog sich auf die Promenade, wo er erst einmal verschnaufen musste.

Erneut wimmerte es aus dem Sack.

»Keine Angst, Kätzchen, du bist in Sicherheit!«

Mats löste den Knoten, blickte in den Sack und schloss ihn wieder. Jetzt war es amtlich. Er war übergeschnappt!

Tic

»Du musst mir unbedingt sagen, dass ich nicht wahnsinnig bin!« Mats packte Lucy bei den Schultern.

»Nun beruhige dich erst mal. Was ist überhaupt los?«

»Das wirst du gleich selber sehen.« Mats zog sie durch das Foyer zum Aufzug. Sie stiegen ein und er drückte den Knopf für die zwölfte Etage.

»Ich dachte, du hasst Aufzüge, weil du Angst hast, mit ihnen abzustürzen.«

»Stimmt«, sagte Mats, der in Gedanken darum betete, dass die Fahrt möglichst schnell vorüberging. »Aber es herrscht Ausnahmezustand. Außerdem sind wir so schneller und meine Mum wird mich hier als Letztes suchen.«

»Sie wird ziemlich sauer sein, wenn wir uns noch mehr verspäten.« Lucy warf einen Blick auf die Uhr. »Es ist schon nach vier.«

»Das hier ist wichtiger!«

»Wieso?«

»Du musst mir vertrauen«, bat Mats.

Lucy stemmte die Hände in die Seiten. Einen Atemzug lang schien sie ihm widersprechen zu wollen, aber dann seufzte sie bloß. »Aber wehe, es geht nur wieder um einen seltenen Comic, den du auf dem Trödel aufgestöbert hast.«

»Ich schwöre, es ist etwas viel, viel Unglaublicheres. So als ob …«, Mats suchte nach den richtigen Worten, »… als ob der Mond auf die Erde gekracht wäre und niemand hätte es gemerkt.«

Lucy zog die rechte Braue hoch.

»Ich weiß, ich weiß … Zuerst habe ich es selbst geglaubt. Ich dachte, ich spinne, aber es ist alles wahr. Jedenfalls hoffe ich das!«

In diesem Moment stoppte der Aufzug und die Türen fuhren mit einem altmodischen *Pling* auseinander. Mats spähte nach draußen. Niemand zu sehen. Auch kein Gast, denn der zwölfte Stock wurde ausschließlich von der Familie Greifenhall bewohnt. Nun zerrte er Lucy zur Wohnungstür, schloss auf und stieß sie hinein.

»Sag mal, spinnst du jetzt völlig?«

»Genau das versuche ich ja herauszufinden«, sagte Mats und marschierte in Richtung seines Zimmers davon. Vor seinem Schreibtisch blieb er stehen. Darauf befand sich ein Computer, den ein Wust aus losen Blättern und Schulheften umgab. Obenauf lag eine dunkelblaue Sweatshirtjacke.

»Bereit?«

Lucy zuckte die Achseln. »Klar.«

»Vorher musst du mir was versprechen: Egal, was du gleich siehst, diese Sache muss unter uns bleiben, okay?«

»Jetzt mach schon.«

Mats griff nach der Jacke und zog sie fort.

Lucy starrte auf ein großes Marmeladeglas. »Ein Schmetterling?«, fragte sie. »Den wolltest du mir zeigen?« Ihre Stirn umwölkte sich. Ein sicheres Zeichen dafür, dass Ärger im Anflug war.

Ich bin doch verrückt, dachte Mats. Oder Lucy schaute nur nicht richtig hin. So wie er früher. »Konzentrier dich«, forderte er sie auf. »Das ist KEIN Schmetterling!« Als hätten seine Worte auch bei Lucy einen unsichtbaren Vorhang gehoben, stieß sie nun einen Fluch aus, der selbst Mats bis hinter die Ohren erröten ließ. Trotzdem grinste er. Ihre Reaktion konnte nur bedeuten, dass sie das Gleiche wie er sah.

»Da brat mir einer einen Storch!«, rief Lucy aus. »Was ist das für ein Vieh?«

In dem Glas hockte etwas, dass die beiden mit einem so giftigen Blick anstarrte, als würde es sie am liebsten auf der

Stelle erwürgen. Was schon ein wenig komisch anmutete, da das Wesen nur knapp zehn Zentimeter groß war. Lucy beugte sich vor, bis ihre Nasenspitze fast das Glas berührte. Was immer es war, es trug einen moosgrünen Anzug. Die winzigen Arme hatte es vor der Brust verschränkt und seine zitronengelben Schmetterlingsflügel klappten verärgert auf und zu.

»Was gibt es da zu glotzen?«, fauchte das Wesen.

»Es kann sprechen«, murmelte Lucy schockiert.

»O Wunder, die Menschenkinder sind gar nicht so blöd, wie sie aussehen.«

Mats verdrehte die Augen. »Beachte ihn nicht. Er beschimpft mich schon die ganze Zeit.«

»Das musst du mir jetzt erklären.« Lucy richtete sich wieder auf. »Woher hast du den kleinen Kerl? Und was ist er?«

»Er heißt Tic und ist ein Feary, wenn er nicht gelogen hat.« Mats warf dem kleinen Wesen einen düsteren Blick zu. »Er ist wohl so etwas wie eine männliche Fee. Ich weiß, ziemlich abgedreht, oder? Jedenfalls habe ich ihm das Leben gerettet, nachdem ihn jemand in einen Sack gesteckt und von der Brücke in die Spree geworfen hatte.«

»Was? Wer tut so was?«

»Keine Ahnung, das wollte er mir nicht verraten.«

Lucy schürzte die Lippen. »Und warum steckt er in einem Glas?«

»Sehr gute Frage«, sagte der Feary wütend. »Auf die Antwort bin ich schon gespannt!«

»Na ja, er wäre sonst sicher abgehauen«, sagte Mats, und weil ihm nichts Besseres einfiel, fügte er noch hinzu: »Außerdem ist er vielleicht, äh, giftig.«

Mats und Lucy beäugten den Feenmann skeptisch.

»Ist das wirklich euer Ernst?«, fragte der Feary. Einen Moment später erschien ein verschlagener Ausdruck auf seinem kleinen Gesicht. »Habe ich schon erwähnt, dass Feen zaubern können?« Nun wurden seine Augen schmal wie die einer Katze auf der Mäusejagd. »Lasst mich auf der Stelle aus diesem verdammten Glas, ansonsten hetze ich euch einen Fluch auf den Hals. Einen von den ganz fiesen, von denen euch überall im Gesicht fette, grüne Eiterbeulen wachsen.«

Lucy wich von dem Glas zurück. »Kann er das?«

»Wenn er es könnte«, entgegnete Mats, »hätte er bestimmt nicht bis jetzt damit gewartet.«

»Ich wollte bloß nett zu dir sein, du elender Wurm!« Der Feary trommelte mit seinen kleinen Fäusten gegen die Innenseite des Glases. Nach einer Weile gab er jedoch auf und ließ sich auf den Hintern fallen. »Na schön, du hast gewonnen. Ich kenne überhaupt keine Flüche, weil die unter schwarze Magie fallen und damit verboten sind. Außerdem könnte ich dir eh nichts tun.«

»Ach ja?«, fragte Mats argwöhnisch. »Warum nicht?«

»Uraltes Feengesetz.« Tic seufzte. »Wer einen Angehörigen vom Feenvolk beschützt oder ihm gar das Leben rettet, dem sind wir zu Gehorsam verpflichtet.« Er verneigte sich und tat dabei so, als lüfte er einen unsichtbaren Zylinder. »Von nun an stehe ich in deinen Diensten, Menschenjunge. Aber merke dir: Ich tue nichts, was gegen das Gesetz verstößt, wie Drachenblut oder Warzenbringer aus dem Schattenschlund zu schmuggeln. Verstanden?«

»Das ist doch ein Trick«, sagte Lucy und stemmte die Hände in die Seiten.

Mats nickte. »Sonst hättest du das doch schon früher erwähnt.«

»Hm, ja, es gibt da noch einen Unterpassus im Feengesetz. Ich brauche dir nur dann zu dienen, wenn du es auch wirklich einforderst. Also dachte ich mir, ich halte erst mal meine Klappe und warte ab.« Der Feary bedachte Mats mit einem schiefen Grinsen. »Aber das nimmst du mir doch nicht übel, oder?«

Mats verdrehte die Augen. »Für wie blöd hältst du uns eigentlich? Gleich erzählst du uns noch, dass du goldene Eier legen kannst. Vorausgesetzt, wir lassen dich frei.«

»Wenn es das ist, was du hören willst.« Der Feary starrte ihn grimmig an. »Abgesehen davon hast du gar kein Recht dazu, mich wie einen blöden Käfer in diesem Glas einzusperren, Mensch!«

»Irgendwie hat er ja recht«, sagte Lucy plötzlich. »Schön, er ist ziemlich klein, hat eine große Klappe und sieht etwas schräg aus, aber deswegen gehört er noch lange nicht in ein Marmeladeglas.«

»Du willst, dass ich ihn rauslasse?«, fragte Mats ungläubig.

»Würde es dir in dem Glas gefallen?«

Mats seufzte. Es stimmte ja, was Lucy sagte.

Nun sprang der Feary auf die Füße und verneigte sich tief in Lucys Richtung. »Habt vielen Dank, Mylady.«

Die Nightscreamer

Mats schnappte sich das Marmeladeglas. Er traute diesem Tic nicht, was vor allem an dem gerissenen Funkeln in seinen Augen lag. In Mats' Vorstellung waren Fearys kleine, niedliche Feen, die von Blüte zu Blüte hüpften, dabei glockenhell vor sich hin kicherten und gelegentlich Wünsche erfüllten. Dieser Feenmann war das genaue Gegenteil. Mats wettete, dass er die Kurve kratzen würde, sobald er die Gelegenheit bekam.

»Jetzt mach schon!«, forderte ihn Lucy auf.

Widerwillig schraubte Mats den Deckel ab.

Sofort schoss der Feary heraus, flog mehrere Loopings und schwebte dann einmal quer durch das Zimmer, um alles neugierig zu begaffen. Anschließend kehrte er zum Schreibtisch zurück und landete auf Mats' Computer, wo er sich im Schneidersitz hinhockte. »Ich hatte schon lange keine Gelegenheit mehr, mich in einem Menschenhaus umzusehen. Interessant, wie viel unnützen und überflüssigen Kram ihr doch besitzt.«

Mats' Miene verdüsterte sich. »In diesem Zimmer ist nichts überflüssig, klar! Das ist alles Zeug, was ich noch brauche.«

»Wie deine Actionheldensammlung aus dem Überraschungsei?«, fragte Lucy schmunzelnd.

»Ach, stehst du jetzt etwa auf seiner Seite? Außerdem sind das detailgetreue Nachbildungen der X-Men mit Echtheitszertifikat. Die bringen einen ganzen Batzen Geld, wenn man sie auf eBay stellen würde.«

Lucy verschränkte die Arme vor der Brust. »Ich wusste gar nicht, dass es überhaupt verschiedene Seiten gibt.«

»Streitet ihr meinetwegen?«, fragte Tic grinsend.

»Wir streiten gar nicht«, fuhr Mats ihn an. »Und was machst du überhaupt noch hier?«

»Ich habe doch gesagt, dass ich dir was schuldig bin.«

»Wenn das so ist, erzähl uns doch mal, warum man dich umbringen wollte.« Mats funkelte ihn an. »Obwohl ich es mir ja eigentlich schon denken kann.«

»Das ging jetzt aber unter die Gürtellinie.« Tic war aufgesprungen und schwang drohend seine winzige Faust. »Euch erzähl ich gar nichts mehr. Ihr gehört nicht zu uns. Also geht es euch auch nichts an.«

»Wenn du ›uns‹ sagst, heißt das, es gibt noch mehr von deiner Sorte?«, fragte Lucy.

»Ich schweige wie ein Grab.« Der Feary presste demonstrativ die Lippen zusammen. Gleich darauf verdrehte er die Augen. »Natürlich gibt es noch mehr von uns, Menschenmädchen. Oder glaubst du, ich bin auf einem Baum gewachsen?«

Für einen kurzen Moment sah Lucy so aus, als hätte Tic verdammtes Glück, dass sich keine Fliegenklatsche in ihrer Nähe befand. Dann atmete sie ganz langsam aus. »Okay, Jungs, wir sollten jetzt erst mal runterkommen. Wir haben doch nichts davon, wenn wir uns gegenseitig an die Gurgel gehen.« Sie sah den Feary an. »Du musst uns verstehen, wir dachten immer, so etwas wie dich gibt es nur im Märchen. Ich habe unzählige Fragen und … ich weiß gar nicht, wo ich anfangen soll.«

Die Miene des Feenmanns wurde ein wenig weicher. »Was willst du wissen?«

»Gibt es noch andere Wesen außer Feen? Wo kommst du her? Und warum …«

»Hey, eine Frage nach der anderen«, unterbrach Tic sie und lächelte breit. Offensichtlich fühlte er sich geschmeichelt, im Zentrum von Lucys Interesse zu stehen.

Sofort fügte Mats *eitel* und *Quasselstrippe* zu den Punkten *vorlaut* und *verschlagen* hinzu, die er sich auf einer Liste über Tics Charakterzüge in Gedanken notiert hatte. Und plötzlich musste er gegen seinen Willen lächeln. Wenn man von seiner Größe, den schrägen Klamotten und den Schmetterlingsflügeln absah, unterschied Tic sich gar nicht so sehr von einem Menschen.

»Es gibt einen ganzen Haufen von uns, und nicht nur Feen«, begann der Feary zu erzählen. »Früher haben wir sogar mitten unter euch gelebt, aber dann brach das Mittelalter an. Ihr Menschen wurdet immer abergläubischer und plötzlich waren wir nicht mehr willkommen. Seitdem leben wir im Verborgenen.« Er legte den Kopf schief und warf Mats einen eindringlichen Blick zu. »Ich bin überrascht, dass du mich überhaupt als das erkannt hast, was ich bin. Die meisten Menschen sind inzwischen blind für die Dinge, die um sie herum geschehen.«

Mats zögerte nur kurz, bevor er sagte: »Ich habe vorher schon andere wie dich gesehen.« Er war schließlich auf Informationen aus und die bekam er nur dann, wenn er mit offenen Karten spielte. Also beschrieb er dem Feenmann die beiden Kreaturen von vergangener Nacht.

»Hm, ein Blinzler und ein Nachtjäger.« Tic erhob sich ein Stück in die Luft und verharrte dann flügelschlagend. »Früher hätten die sich nie so offen gezeigt.« Er rieb sich das Kinn.

»Irgendetwas ist da im Busch! Und ich wette, Vlad hat seine Finger im Spiel.«

Lucy beugte sich neugierig vor. »Wer ist denn dieser Vlad?«

»Ich bin mir nicht sicher, ob ich euch wirklich von ihm erzählen soll. Außerdem sind Informationen wertvoll, dort, woher ich komme.« Tic schickte ein listiges Lächeln in die Runde. »Wie wäre es mit einem Tauschhandel? Sagen wir, ein Zuckerwürfel für jede Antwort?«

Mats runzelte die Stirn. »Was willst du mit Zuckerwürfeln? Und ist dein Leben nicht sehr viel mehr wert als ein paar Informationen?«

»Schon gut«, murrte Tic. »Vlad ist der Anführer einer Verbrecherorganisation, die sich Nightscreamer nennt. Üble Typen, die weder vor Raub noch Mord zurückschrecken. Vlad befehligt den ganzen Haufen, wobei niemand seine Identität kennt. Er ist ein Teufel und selbst unter uns Schattengängern gefürchtet.« Als er Mats verwirrten Blick bemerkte, fügt er hinzu: »Wir nennen uns selber Schattengänger, weil wir im Untergrund leben. Und wenn wir ihn verlassen, bewegen wir uns meist so unbemerkt wie Schatten zwischen euch.«

Ein Bild der vermummten Gestalten blitzte in Mats' Kopf auf. Jetzt wusste er, wer sie waren!

»Übrigens war der Kerl, der mich ertränken wollte, auch ein Nightscreamer.«

»Wieso hat er das überhaupt getan?«, wollte Mats wissen.

»Weil ich etwas gesehen habe, was ich nicht hätte sehen sollen.« Mit einem Mal nahm Tics Gesicht einen gequälten Ausdruck an.

»Apropos gesehen«, meldete sich Lucy zu Wort. »Ich muss dir da auch noch was beichten, Mats. Tut mir leid, dass ich heute Morgen so abweisend war. Aber auch mir sind in der letzten Zeit ein paar seltsame Dinge zugestoßen, an die mich deine Geschichte erinnert hat und über die ich eigentlich mit niemandem reden wollte, weil ich Angst hatte, sonst für verrückt gehalten zu werden.« Sie biss sich auf die Unterlippe. »Zweimal habe ich jetzt schon beobachtet, wie unheimliche Schatten durch unseren Garderobenspiegel gezogen sind. Es war richtig gruselig. Allerdings wirkten die Gestalten unscharf, als sähe ich sie durch ein beschlagenes Fenster.«

Tic sauste zu ihr rüber. »Spiegelreisen, wie interessant. Und dann auch noch illegale.« Nachdenklich zupfte er an einer Strähne seines kupferfarbenen Haares.

Mats stieß hörbar den Atem aus. »Was, bitte schön, meinst du mit ›illegalen Spiegelreisen‹?«

Der Feary schwenkte zu ihm herum. »Noch nie etwas von magischen Spiegeln gehört? Wir benutzen sie, um innerhalb weniger Augenblicke jeden Ort auf der Welt erreichen zu können. Eine Erfindung unserer Alchemisten. Um zu verhindern, dass Menschen uns dabei sehen, gibt es offizielle Transportspiegel. Was Lucy beobachtet hat, müssen demnach nicht genehmigte Reisen gewesen sein.« Tic flatterte zurück auf Mats' Schreibtisch, wo er mit hinter dem Rücken verschränkten Armen auf und ab lief. »Dahinter können nur die Nightscreamer stecken. Niemand sonst wäre so dreist. Allerdings wundert es mich schon, dass sie sich so leichtsinnig verhalten, dass es selbst Menschen auffällt.«

»Ist das denn ein Problem?«, fragte Lucy.

»Diese Form der Spiegelreise ist streng verboten und wird hart bestraft.« Tic schüttelte den Kopf. »Vlad ist nicht dumm, im Gegenteil. Wenn er also das Risiko eingeht, dass seine Leute entdeckt werden, muss etwas wirklich Großes auf dem Spiel stehen.«

»Es sind aber nicht nur diese Spiegelreisen«, wandte Mats aufgeregt ein. »In den letzten Wochen gab es immer wieder merkwürdige Zwischenfälle. Wie mit diesem Vampir, der die Tankstelle überfallen hat.«

»Das ist übel, sogar sehr übel. Unter normalen Umständen dürfen wir Schattengänger uns den Menschen nicht zeigen.«

Lucy zog eine Braue hoch. »Warum?«

»Zu unserer eigenen Sicherheit. Sobald eure Wissenschaftler rausfänden, dass es uns gibt, würden sie doch sofort Jagd auf uns machen.« Eine steile Falte hatte sich auf Tics

Stirn gebildet. »Das gefällt mir immer weniger. Wenn den Nightscreamern – und dieser Vampir kann nur einer von ihnen sein – plötzlich egal ist, dass die Menschen von unserer Existenz erfahren, muss es dafür einen Grund geben.«

Mats nahm einen tiefen Atemzug. Was der Feary ihnen da erzählte, gefiel ihm überhaupt nicht. »Weißt du, was das für ein Grund ist?«

»Nein, Menschenjunge, und das beunruhigt mich am meisten.«

»Was will dieser Vlad eigentlich von uns?«, fragte Lucy.

»Oh, er hasst euch.« Tic grinste schief zu ihr hinauf. »Und damit steht er nicht alleine da. Ihr habt also wirklich Glück, dass ihr auf so einen netten Kerl wie mich gestoßen seid.«

Lucy zog sich den Schreibtischstuhl heran und setzte sich, sodass sie Tic direkt ins Gesicht blicken konnte. »Vorhin hast du gesagt, ihr würdet unseretwegen im Verborgenen leben.«

Er nickte.

»Kann es sein, dass Vlad das wieder ändern will?«

Der Feary starrte sie an, dann schluckte er schwer. »Worauf willst du hinaus? Doch nicht etwa Krieg?«

»Krieg. Ein Aufstand. Wer weiß?«

»Nein, nein, dafür sind die Nightscreamer zu wenige«, brach es aus Tic heraus. »Das würden die nie wagen. Allerdings …«

»Was ist?« Mats hatte sich über seinen Schreibtisch gebeugt und musterte den Feenmann gespannt. »Warum sprichst du nicht weiter?«

Der Feary sah zu ihm auf. Und was Mats in seiner Miene las, wollte ihm überhaupt nicht gefallen. »Gestern habe ich den alten Konrad besucht«, begann Tic. »Er ist einer der wenigen Menschen, die von uns Schattengängern wissen. Er sollte mir etwas besorgen und … na ja, spielt auch keine Rolle. Auf jeden Fall stürmten Nightscreamer seinen Laden, als ich gerade dort war, und verlangten ein spezielles Buch von ihm. Ich weiß nicht, was es damit auf sich hat, aber es muss sehr gefährlich sein, denn Konrad war bereit, es mit seinem Leben zu schützen.«

Mats blinzelte ungläubig. »Ein Buch? Gefährlich?«

»Wenn es sich um ein sehr altes und mächtiges Zauberbuch handelt, durchaus«, entgegnete Tic mit blitzenden Augen. »Habt ihr Menschen denn wirklich alles vergessen?«

»Das darf doch wohl nicht wahr sein«, donnerte die Stimme von Mats' Mutter durch die Wohnung. »Sagt bloß, ihr zwei habt euch hier oben versteckt, um euch vor der Arbeit zu drücken.«

O Shit, dachte Mats, griff sich die Sweatshirtjacke und warf sie über den Feary.

Nummer dreizehn

Zum Glück hatte Mats' Mutter keine Zeit, den beiden eine Strafpredigt zu halten. Im Augenblick gab es einfach zu viel im Hotel zu tun. Hastig erklärte sie ihnen ihre Aufgaben und machte sich dann sofort wieder auf den Rückweg zur Rezeption, um für einen Hotelangestellten einzuspringen. Im Morgengrauen war er auf dem Weg zur Arbeit von einem riesigen streunenden Hund angefallen und ziemlich übel zugerichtet worden.

Kaum war Frau Greifenhall aus dem Raum, kam Tic unter der Jacke hervorgekrabbelt. »Streunender Hund, dass ich nicht lache! Heute Nacht war Vollmond. Ich wette, das war einer von Vlads Werwölfen. Verdammt, ich fürchte fast, dass du recht hast, Lucy. Aber das ist blanker Irrsinn! Ihr seid viel zu viele, um euch den Krieg zu erklären.«

Mats riss die Augen auf. »Es gibt Werwölfe?«

»Werwölfe, Nachtmahre, Finsterbälger und alles mögliche andere Gesocks. Wie ich schon sagte, nicht alle Schattengänger sind so dufte wie ich.« Der Feary klimperte mit den Wimpern.

»Dufte?«, wiederholte Mats.

»Sagt man das bei euch Menschen nicht so?«

»Vielleicht vor hundert Jahren oder so, ist aber auch egal«, wandte Lucy ein. »Was diese Werwölfe und Nachtmahre angeht: Die arbeiten alle für diesen Vlad?«

»Nein, nicht alle, aber viele von ihnen.«

»Warum reden wir nicht einfach mit diesem Freund von dir?«, warf Mats ein. »Der, der das Buch beschützt. Vielleicht weiß er, was die Nightscreamer vorhaben.«

»Der alte Konrad?« Tics Gesicht verlor mit einem Mal alle Farbe.

»Hast du eine bessere Idee?«

Tic starrte ihn nur an, ohne eine Antwort zu geben. Gleich darauf stob er in die Luft und flog zu Mats' Bett, um sich auf dem Kopfkissen einzurollen. »Wir reden später weiter, ich bin jetzt müde«, erklärte er gähnend. »Kein Wunder nach dem ganzen Ärger. Und auf euch wartet Arbeit!« Er drehte den beiden den Rücken zu.

In Mats stieg die dunkle Ahnung auf, dass das, was Tic nicht hatte sehen sollen, etwas mit seinem Freund zu tun hatte. Etwas, das ihm sehr, sehr naheging und über das er deshalb nicht reden wollte. Plötzlich hatte Mats Mitleid mit ihm. »Tic hat recht«, sagte er zu Lucy. »Wir sollten meine Mum nicht länger warten lassen. Ich will den Job nicht verlieren.«

Mats bekam zwar nicht gerade wenig Taschengeld, aber er konnte die zusätzliche Kohle gut gebrauchen, weil er Unsummen für seine Comic-Sucht ausgab. Und Lucy sparte für einen iPod Touch, weil sie diese Dinger einfach nur cool fand.

Die beiden schlüpften in die grünen Hoteluniformen, die ihnen Frau Greifenhall dagelassen hatte, und flitzten los. Lucy fuhr mit dem Aufzug ins Erdgeschoss, wo die Schoßhündchen älterer Damen darauf warteten, dass sie mit ihnen Gassi ging. Mats nahm die Treppe, um in den ersten Stock hinabzusteigen. Der Gast aus Nummer dreizehn hatte sein Mittagessen auf dem Zimmer eingenommen und wollte nun, dass jemand das dreckige Geschirr holte. »Er nennt sich Mr Myrddin und ist ein exzentrischer Geschäftsmann aus England«, hatte Mats' Mutter vorhin noch erklärt. »Behandle ihn bitte mit äußerster Höflichkeit!« Für Mats hätte es gar nicht besser laufen können. Endlich bekam er eine Gelegenheit, Nummer dreizehn zur Rede zu stellen. Mehr denn je war er davon überzeugt, dass der alte Kauz irgendetwas mit ihm angestellt hatte.

Mats betrat den mäßig erhellten Korridor und war noch

nicht weit gekommen, als wieder die kleine graue Gestalt hinter einer Zierpalme hervorschoss und auf zwei kurzen Beinen auf die Tür am Ende des Ganges zuraste. Das war keiner dieser kleinen Kläffer. Auch keine Ratte. Kurz bevor dieses Etwas in die Tür krachen konnte, öffnete sie sich einen Spalt breit und ließ es hinein. Danach wurde sie sofort wieder geschlossen.

Mats marschierte schnurstracks auf die Tür zu. Nun sah er, dass das Tablett mit den Resten vom Mittagessen davor auf dem Boden stand. Anscheinend wollte dieser Mr Myrddin niemanden sehen, was Mats jedoch nicht davon abhielt, zu klopfen. Mittlerweile vermutete er, dass Nummer dreizehn ebenfalls ein Schattengänger war. Der Schlapphut und die Sonnenbrille, die er bei seiner Ankunft getragen hatte, waren ein eindeutiges Indiz. Die Frage war nur, zu welcher Sorte er gehörte. Und ob er ein Feind oder ein Freund war? Immerhin hatte er dafür gesorgt, dass Mats im wahrsten Sinne des Wortes die Augen aufgegangen waren. Demnach konnte er kein Anhänger von Vlads Plänen sein. Nur warum hatte er Mats ausgewählt? Warum nicht den Bürgermeister oder den Polizeipräsidenten? In ihren Positionen konnten sie wenigstens etwas gegen die Nightscreamer unternehmen.

»Mr Myrddin?«, rief Mats, weil dieser nicht auf sein Klopfen reagiert hatte. »Hat es Ihnen geschmeckt?«

Keine Antwort.

»Kann ich Ihnen noch etwas bringen?«

Wieder blieb es hinter der Tür still.

Mats fluchte. »Hören Sie, ich muss unbedingt mit Ihnen reden!«

Wieder blieb alles ruhig, dabei gab es nicht den geringsten Zweifel, dass Mr Myrddin in seinem Zimmer war. Schließlich hatte er dieses graue Etwas hineingelassen. Das war einfach nicht fair bei all den Fragen, die Mats auf der Zunge brannten. Wütend stampfte er mit dem Fuß auf, schnappte sich das Tablett und stapfte davon. Wenn Nummer dreizehn jedoch glaubte, es wäre so leicht, ihn loszuwerden, täuschte er sich gewaltig. Mats warf einen Blick zurück über die Schulter. Er würde wiederkommen. Notfalls auch ein drittes, viertes oder … He, was war denn das?

Ein Zettel schaute unter dem Suppenteller hervor. Mats zog ihn heraus und stellte fest, dass sein Name daraufstand. Er faltete ihn auf.

Ihr seid auf der richtigen Fährte. Nur nicht lockerlassen.
Der Feary ist der Schlüssel.

Mats erstarrte. Woher wusste Mr Myrddin von Tic? Oder worüber sie gesprochen hatten? Plötzlich zitterte seine Hand.

Die Schrift auf dem Zettel verblasste und neue Buchstaben erschienen an ihrer Stelle.

Ich sehe, was war, was ist und was kommen wird.
Das ist meine Gabe — und mein Fluch!

Mats schluckte, dann schüttelte er den Kopf, als versuchte er, eine Halluzination abzustreifen. Aber das Papier löste sich nicht etwa in Luft auf. Nur die Buchstaben darauf erloschen wieder, kehrten dieses Mal jedoch nicht zurück. Mats schaute sich um, ob ihn jemand beobachtete. Anschließend knüllte er den Zettel zusammen und stopfte ihn in seine Hosentasche.

Als er wenig später auf dem Weg zur Hotelküche das Foyer durchquerte, kam ihm Lucy mit einer Dreiergruppe glubschäugiger Rehpinscher entgegen.

»Welcher Geist ist dir denn über den Weg gelaufen?«, fragte sie. »Du bist ja kreidebleich!«

Mats beugte sich vor und berichtete ihr von der Nachricht, die sich in nichts aufgelöst hatte. Mit jedem Wort wurden ihre Augen größer. »Nummer dreizehn behauptet, ein Hellseher zu sein?«

»Irgendwie so was.«

Lucy schüttelte den Kopf. »Ich trau dem Typen nicht. Ich

meine, das ist doch bescheuert. Wenn er uns helfen will, warum spricht er dann nicht einfach mit uns?«

»Ich hab's versucht, aber er wollte mich nicht reinlassen. Hm, vielleicht sieht er ja unter seinem Schlapphut wie das Phantom der Oper aus und will deswegen niemanden sehen.«

Lucys rechte Braue wanderte ein Stück nach oben, wie so oft, wenn sie Zweifel hatte. »Hm, möglich, aber ich denke, er hat andere Gründe. Vor allem sollten wir vorsichtig sein. Nicht nur gegenüber Mr Myrddin, sondern auch Tic. Ich mag den kleinen Kerl zwar, doch erst müssen wir ganz sicher sein, dass er wirklich auf unserer Seite steht.«

Der alte Konrad

Die große Standuhr im Foyer des Greifenhall schlug neunmal, als Mats und Lucy sich das nächste Mal vor der Rezeption begegneten. Beide schleppten sich aufeinander zu.

»Ich bin völlig erledigt«, stöhnte Lucy und zog Mats ein Stück zur Seite. »Nach den Pinschern musste ich noch drei Möpse, ein durchgeknalltes Wiesel, das sich für eine Katze hält, und einen Königspudel mit violettem Fell um den Block führen.«

»Ich weiß genau, was du meinst. Der Zimmerservice war die Hölle. Die ganze Zeit ging es Treppe rauf und Treppe runter. Erst in den dritten Stock, dann in den ersten, zurück in den siebten und … Ach, du weißt schon. Meine Waden brennen, als hätte jemand sie mit Schmirgelpapier bearbeitet. Die reinste Folter!«

Lucy gähnte. »Lass uns morgen weiter mit Tic reden, okay?

Vielleicht finden wir dann heraus, was es mit diesem Konrad auf sich hat.« Eine Frau in Abendgarderobe und einem Etwas, das wie ein Plüschkissen mit Augen aussah, spazierte an ihnen vorüber. Lucy schüttelte sich. »Für heute habe ich genug von den Kläffern. Ich will nur noch nach Hause.«

»Ihr beiden wart aber ziemlich fleißig.« Mats' Mutter kam mit strahlender Miene auf sie zumarschiert. »Abgesehen von der kleinen Verspätung habt ihr euren heutigen Arbeitstag mit Bravour gemeistert. Ich bin stolz auf euch.« Sie legte beiden eine Hand auf die Schulter. »Darf ich euch als kleines Dankeschön auf eine Cola in die Hotelbar einladen?«

»Tut mir leid, Frau Greifenhall, aber ich will jetzt ins Bett.« Lucy gähnte erneut.

»Natürlich«, sagte die Hotelchefin lächelnd. »Ich rufe dir ein Taxi, ja? Und keine Sorge, das Hotel kommt dafür auf.«

Nachdem Lucy aufgebrochen war, kämpfte sich Mats in den zwölften Stock und fiel todmüde ins Bett. Er zog nicht einmal seine Uniform aus.

Tic kam wie aus dem Nichts angeflattert und ließ sich auf dem Nachttischchen nieder. »Ich habe Hunger.«

»Schreibtisch. Erste Schublade. Schokoriegel«, murmelte Mats und war auch schon eingeschlafen.

Am nächsten Morgen wachte er davon auf, dass ihn etwas in die Nase zwickte. Natürlich war es der Feary. »Wie kannst du nur so lange im Bett liegen? Die Sonne ist schon aufgegangen.«

»Verdammt, wir haben nicht mal sechs und es ist Samstag«, stöhnte Mats nach einem Blick auf den Wecker. »Bist du wahnsinnig?« Er schloss die Augen wieder und spürte kurz darauf einen Lufthauch an der linken Wange. Sein linkes Augenlid wurde hochgerissen und Mats blickte geradewegs in Tics boshaft grinsendes Gesicht. »Ich will endlich Frühstück. Der Schokoriegel war doch was für den hohlen Zahn.«

»Hau ab!« Mats wedelte den Feary mit der Hand davon und drehte sich zur anderen Seite. »Aua.« Mit einem Mal saß er kerzengerade im Bett. »Du hast mir gerade ein Nasenhaar ausgerissen.«

»Wirklich? Tut mir leid.« Tic klimperte unschuldig mit seinen großen Augen. »Und jetzt besorg mir gefälligst was zu essen, bevor ich richtig schlechte Laune bekomme!«

Mats stand kurz davor, den Feenmann zurück ins Marmeladeglas zu stopfen. Er hatte gestern den ganzen Tag geschuftet und wollte einfach nur ausschlafen.

»Jetzt mach schon oder willst du, dass ich deine Mutter frage, ob sie mir Frühstück macht?«

Mats warf Tic einen finsteren Blick zu, bevor er die Bettdecke beiseiteschob und sich Richtung Flur schleppte, an dessen Ende die Küche lag. Sie war riesig und erinnerte an ein amerikanisches Café aus den Fünfzigerjahren: schwarz-weiß gekachelter Boden, roter Lacktresen, auf dem eine Milchshake-Maschine und ein Kaffeevollautomat standen, die aussahen, als wären sie gerade erst ausgepackt worden. Überhaupt wirkte die Küche so blitzblank und unbenutzt, als handelte es sich um einen Ausstellungsraum in einem Möbelhaus.

Kein Wunder. Herr und Frau Greifenhall hatten so gut wie nie Zeit, um mit ihrem Sohn gemeinsam zu frühstücken. Meistens schauten sie direkt nach dem Aufstehen in der Hotelküche vorbei, um sich etwas zubereiten zu lassen, das sie dann auf dem Weg zur Rezeption oder ins Büro verdrückten. Auch an diesem Morgen waren sie bereits ausgeflogen. Manchmal fragte sich Mats, ob sie überhaupt jemals schliefen.

»Ich bekomme Eier mit Speck«, verkündete Tic und landete auf dem Tresen.

»Du kannst mich mal gernhaben.« Mats fischte eine Packung mit honigüberzogenen Frühstücksflocken aus einem Schrank. Wenigstens war sie noch nicht abgelaufen. Nun füllte er zwei Schüsseln damit und knallte eine davon vor Tic auf den Tresen. Die andere begann er lustlos in sich hineinzuschaufeln. Sechs Uhr! Er konnte es immer noch nicht fassen.

Argwöhnisch beäugte der Feary die gelbbraunen Böhnchen in seiner Schüssel. »Was ist das?«

»Iss es oder lass es bleiben.«

»Ist da Zucker drin?«

Mats blickte von seiner Schüssel auf. »Ja, warum?«

»Ach, nur so.« Tic stürzte sich mit einem *Jipiiie* in die Schüssel, wo er bis zur Hüfte in den Frühstücksflocken versank, die er nun in einem geradezu unglaublichen Tempo in sich hineinschlang. Hin und wieder gluckste er vergnügt. Ein paarmal beobachtete Mats sogar, wie er auf den Rand der Schüssel kletterte und dann einen Kopfsprung in sein Frühstück machte. Er runzelte die Stirn. Was war nur in Tic gefahren?

Plötzlich klopfte es an der Wohnungstür.

Mats rutschte von seinem Hocker. Wer konnte das sein? Und dann auch noch um diese Zeit? Gerade wollte er Tic befehlen, dass er sich verstecken solle, als dieser auch schon lossauste. »He, komm zurück!« Wütend lief er ihm hinterher.

»Halloho!«, rief der Feary durch den Flur. »Wer ist da?«

»Pst, sei still! Wenn dich einer sieht, gibt das einen Höllenärger.«

»Höl-len-är-ger«, wiederholte Tic und quietschte vor Vergnügen, als hätte er noch nie etwas Komischeres gehört.

Jetzt war es amtlich. Irgendetwas stimmte mit dem Feenmann nicht.

Wieder klopfte es.

»Nun mach schon die Fliege!« Mats versuchte, ihn zu packen.

Tic wich aus und stürzte sich in ein Manöver waghalsiger Loopings, das mit einem lautstarken *Klong* endete. Der Feary war gegen den Schirm der Flurlampe geknallt und trudelte nun wie ein angeschossener Vogel zu Boden.

Mats eilte zu ihm.

»Mannomann – in dem Zeug ist ja noch mehr Zucker als in dem Schokoriegel drin.« Tic rieb sich den Kopf. »Ich will mehr davon!«

»Nichts da«, entgegnete Mats, der nicht wusste, ob er besorgt oder verärgert sein sollte. »Wenn ich das vorher gewusst hätte … Zucker ist ab jetzt für dich gestrichen.«

»He, Mats, bist du das? Warum machst du nicht auf?«

Gott sei Dank! Es war bloß Lucy, die vor der Tür stand.

»Ich komme!« Mats öffnete ihr und erklärte, was geschehen war.

Tic, der auf Mats' Hand saß, zuckte die Schultern. »Ich kann nichts dafür. Alle Feengeschöpfe sind verrückt nach Süßem.« Doch nun wurden seine Augen schmal. »Was willst du denn schon wieder hier?«

»Ich bin neugierig. Was war es, das du uns gestern nicht erzählen wolltest? Warum warst du in dem Sack?«

Tic starrte sie einen Moment lang an, dann sauste er Richtung Küche davon. Als Mats und Lucy dort eintrafen, hockte der Feary auf dem Tresen, direkt neben seiner Schüssel mit den Frühstücksflocken – aber ohne sie auch nur zu beachten. Das Kinn hatte er auf die Knie gestützt und eine einzelne smaragdgrüne Träne rann über seine Wange.

»Ich … ich konnte ihm nicht helfen«, schniefte er, als die beiden vor ihm stehen blieben. »Die Nightscreamer haben den alten Konrad umgebracht und ich konnte nichts tun. Ich hatte mich versteckt, aber sie haben mich gefunden.«

»Sie haben ihn *ermordet*?« Mats stieß scharf den Atem aus. Kein Wunder, dass der Feary sich gesträubt hatte, darüber zu reden. »Was ist geschehen?«

»Sie wollten dieses Buch. Konrad hat sich geweigert, es ihnen zu geben, da ist ihr Anführer ausgerastet.« Tic zog die Nase hoch. »So einfach ist das. So einfach und so verdammt feige!« Er sprang auf. Zorn funkelte in seinen Augen. »Er war ein alter Mann und hatte keine Chance gegen diese Schweine.«

»Diese Feiglinge!«, zischte Mats.

»Wie recht du hast!« Tic schlug sich mit der Faust in die Hand. »Eines Tages werden sie dafür bezahlen. Das schwöre ich!«

Lucy nickte und setzte sich auf einen der Hocker. »Haben sie denn das Buch bekommen?«

»Keine Ahnung.« Tic wischte sich mit dem Ärmel seines Anzugs die Träne fort und wandte ihr dann das Gesicht zu. »Die Nightscreamer haben den ganzen Laden durchsucht, aber da steckte ich bereits in dem Sack. Ich habe gehört, wie Bücher zu Boden flogen und Glas zerschlagen wurde. Aber keiner von ihnen verlor in meiner Gegenwart ein weiteres Wort über das Buch.« Nun legte er eine seiner kleinen Hände auf seine linke Brust. »Ich schwöre, das ist alles.«

Mats musterte den winzigen Feenmann eindringlich. In dessen Augen blitzte weder Schalk noch List. Nur unendliche Traurigkeit lag darin. Zum ersten Mal hatte er das Gefühl, dass Tic ganz und gar offen zu ihnen war.

»Magst du noch ein bisschen Zucker?«, fragte Mats, der plötzlich ein schlechtes Gewissen hatte, weil er den Feary zuvor so angefahren hatte.

Tic schüttelte den Kopf.

»Es … es tut mir sehr leid, was mit deinem Freund passiert ist«, sagte Lucy und presste die Lippen zusammen. »Aber wenn wir wissen wollen, was dieser Vlad plant, müssen wir als Erstes herausfinden, was es mit diesem Buch auf sich hat.« Sie zögerte. »Und das geht nur, wenn wir in den Laden des alten Konrads gehen und dort danach suchen. Vielleicht haben die Nightscreamer es ja nicht gefunden.«

Tic schluckte. »Ich weiß. Es ist unsere einzige Möglichkeit.«

Morczane

»Dann bringst du uns hin?«, fragte Mats.

Der Feary erhob sich und ein entschlossener Ausdruck trat auf sein Gesicht. »Ich würde alles tun, um es diesen Nightscreamern heimzuzahlen. Wirklich alles!«

»Gut, dann ziehe ich mich noch rasch um. Ihr zwei wartet solange draußen.«

»Oh, du trägst ja noch immer deine Uniform«, stellte Lucy fest. »Sag bloß, du hast darin geschlafen?«

Mats zuckte die Achseln.

Während er in frische Klamotten schlüpfte, überlegte er, ob sie nicht lieber zur Polizei gehen sollten. Immerhin ging es ja um Mord. Aber wie sollten sie erklären, dass der einzige Zeuge ein Feary war? Ein Winzling in einem koboldgrünen Anzug und mit zitronengelben Schmetterlingsflügeln, ein Wesen, das es eigentlich nur in Büchern gab. Entweder würden die Polizisten sie sofort rauswerfen oder, wenn Mats ihnen den Feenmann präsentierte, diesen sofort einkassieren, um ihn ans nächste Forschungslabor auszuliefern. Mats schnaubte. Tja, es sah ganz so aus, als wären sie vorerst auf sich gestellt.

Auf Tics Anweisung fuhren sie mit der Bahn in den Osten Berlins, nach Marzahn. Die Fahrt über verbarg der Feary sich in dem Rucksack, den Mats mitgenommen hatte und der zwischen ihm und Lucy auf der Sitzbank stand. Der Reißverschluss war nicht ganz geschlossen, sodass Tic weiterhin mit ihnen reden konnte.

»Ich muss euch warnen«, sagte dieser. »Die Gegend, in der der Buchladen liegt, ist nicht ganz ungefährlich. Jedenfalls für euch Menschen. Sie ist nämlich ein Anziehungspunkt für verschiedene Schattengänger.«

Mats beugte sich vor. »Was heißt das schon wieder?«

»Dass ich nur nett sein und euch vorwarnen wollte.«

»Ich meine: Warum ist sie gefährlich?«

»Ach so«, sagte Tic und grinste aus der Tiefe des Rucksacks zu ihm hinauf. »Warum hast du das nicht gleich gesagt?«

Mats verdrehte die Augen.

»Nun, es hat etwas mit der Geschichte dieses Stadtteils zu tun«, fuhr der Feary fort. »Marzahn wurde vor über tausend Jahren als ein Dorf der Menschen gegründet. Damals hieß es jedoch noch Morczane, benannt nach dem Anführer einer

Dämonenhorde, der dort besiegt wurde. Ein ganz übler Typ, der seine Opfer – vorwiegend Kinder – lebendig aufgefressen hat. Je lauter sie geschrien haben, desto besser haben sie ihm geschmeckt.«

»Ach, und woher weißt du das?«, warf Lucy skeptisch ein. »Warst du etwa dabei?«

»Nein, aber so erzählt man es sich. Und jetzt sei still und unterbrich mich nicht ständig. Wo war ich noch gleich? Ach ja … Morczane hatte vier Begleiter, die mit ihm zusammen aus der Hölle entwischt sind. Sie wollten …«

»Was?«, platzte Mats heraus. »Es gibt die Hölle wirklich?«

»Sscht, nicht so laut«, zischte Lucy. »Die Leute gucken schon.«

»Natürlich gibt es die Hölle. Hast du etwa gedacht, das wäre nur ein Märchen, Menschenjunge?« Tics Grinsen reichte von einem bis zum anderen Ohr. Gleich darauf wurde er wieder ernst. »Allerdings ist sie nicht das, was ihr euch darunter vorstellt. Es ist eine uralte Stadt tief im Inneren der Erde, wo die Dämonen dank eines mächtigen Zaubers festsitzen. Hin und wieder gelingt es einem, diesen zu überwinden und zu uns an die Oberfläche zu kommen. Wie Morczane und seinen Freunden. Aber zum Glück passiert das nur sehr selten.«

»Wenn das so ist«, murmelte Mats und ließ sich erleichtert in seinen Sitz zurücksinken.

»Auf jeden Fall haben diese fünf Dämonen ziemlich viel Unruhe auf der Erde gestiftet. Krieg, Seuchen und all so was. Aber schließlich wurde Morczane von einem Ritter getötet. Einem Bezwinger der Dämonen, wenn ihr es genau wissen wollt. Danach herrschte erst mal wieder Ruhe!«

»Aber was wurde aus den anderen vier?«, fragte Lucy.

»Ein paar Druiden haben sich zusammengetan und sie aus der Welt verbannt. Wir können Dämonen nicht ausstehen. Sie sind noch eine schlimmere Plage als ihr Menschen.« Tic seufzte. »In der guten alten Zeit waren wir Schattengänger noch sehr viel mächtiger. Heute hätten wir ein echtes Problem, wenn diese Unruhestifter plötzlich vor unserer Tür ständen.«

»Tja, vermutlich nicht nur ihr«, sagte Mats. »Aber was hat das alles damit zu tun, dass die Gegend, in die wir wollen, für Menschen gefährlich ist?«

»Nicht so ungeduldig, dazu wollte ich doch gerade kommen«, grummelte der Feary. »Jedenfalls wurde das Dorf zur Warnung nach Morczane benannt. Das Problem mit Dämonenblut ist nämlich, dass es haufenweise Ghule, Pukas, Vampire, Tunnelkriecher und anderes Gesocks anlockt. Und wo die sich einmal niederlassen, da bleiben sie auch. Diese Typen sind die reinste Pest, sage ich euch.« Tic verzog das Gesicht. »Nun ja, im Laufe der Jahrhunderte geriet die Geschichte über Morczane bei euch Menschen in Vergessenheit. Aber wenn ihr euch mal die Vermisstenanzeigen der letzten Jahre anschaut, würdet ihr feststellen, dass in Marzahn auffällig viele Menschen verschwinden. Lauter kleine Appetithäppchen für Schattengänger, die euch zum Fressen gern haben.«

Lucy, die sonst nichts so leicht erschüttern konnte, war blass geworden. »Und das hast du dir nicht nur ausgedacht, um uns Angst zu machen?«

»Würde ich so etwas tun?«, fragte Tic honigsüß zurück.

Kurz darauf hielt die Bahn an und die drei stiegen aus. Als Erstes fielen Mats die düsteren Gestalten auf, die an der Haltestelle herumlungerten und die ein nervöses Flattern in seinem Magen auslösten. Auf den ersten Blick mochte man sie für Menschen halten, aber irgendetwas stimmte mit ihren Gesichtern nicht. Sie wirkten viel zu starr und ausdruckslos. Wie Masken.

»Du hast es gespürt, nicht wahr?«, fragte Tic in seinem Versteck.

»Was hast du gemerkt?«, fragte Lucy.

Mats schaute zurück. Mittlerweile waren sie weit genug von der Haltestelle entfernt, um frei sprechen zu können. »Die Typen, die wie Punks aussahen, das waren Schattengänger.«

»Beeindruckend«, meinte Tic. »Du siehst Dinge, die anderen Menschen verborgen sind. Ich frage mich, wie das kommt.«

Mats, der seine eigene Theorie hatte, aber im Moment absolut nicht darüber reden wollte, zuckte die Achseln.

»Wo müssen wir überhaupt lang?«, warf Lucy ein.

»Erst mal immer weiter geradeaus.«

Mats hielt den Rucksack so, dass Tic hinauslugen und ihnen die Richtung weisen konnte. Mittlerweile war er sehr viel gesprächiger als gestern. Er plapperte immer weiter und weiter. Ganz offensichtlich mochten Feen es, im Mittelpunkt zu stehen, was perfekt zu ihren restlichen Charakterzügen passte. Allerdings, so war Mats aufgefallen, war das meiste, was Tic von sich gab, nur belangloses Zeug. Der Feary war also auch ihnen gegenüber noch immer auf der Hut.

»Früher bin ich nur im Dunkeln hergekommen«, erzählte er ihnen. »Menschenaugen funktionieren bei Nacht nicht so gut. Meistens halten sie uns dann für Fledermäuse. Oha, ich geh dann mal auf Tauchstation!« Er ließ sich in die Tiefen des Rucksacks plumpsen. »Ach ja, die nächste Straße rechts. Dort ist der Laden.«

Jetzt bemerkte auch Mats den Jugendlichen, der betont lässig an einer Hauswand lehnte. Er trug zerfetzte Jeans und eine schwarze Sweatshirtjacke. Die Kapuze hatte er sich so tief ins Gesicht gezogen, dass es im Schatten lag. Wie die

Typen an der Haltestelle strahlte auch er eine Aura aus, die nichts Gutes verhieß. Als sie an ihm vorübergingen, hörte Mats ein eigentümlich rasselndes Atmen, das unter der Kapuze hervorkam und das ihm Gänsehaut verursachte. Dann waren sie auch schon an ihm vorbei und bogen nach rechts ab.

»Was ist das?« Lucy blieb stehen.

»He, Tic«, zischte Mats dem Feary zu. »Das ist eine Sackgasse und hier gibt es auch keine Geschäfte.«

Der Feenmann reckte den Kopf aus dem Rucksack. »Du schaust nur nicht genau hin. Vielleicht bist du doch nicht so außergewöhnlich, wie ich dachte. Oh, da kommt jemand.«

In dem Moment hörte auch Mats die Schritte. Er fuhr herum und sah den vermummten Jugendlichen auf sie zukommen.

»Verschwindet, ihr habt hier nichts verloren!«

Mats war niemand, der sich leicht einschüchtern ließ. Das Problem war nur, dass sie es hier nicht mit einem normalen Jugendlichen zu tun hatten. Trotzdem würde er vor dem anderen nicht einfach klein beigeben. Vor allem nicht vor Lucy. »Du hast uns gar nichts zu sagen!« Er reckte das Kinn vor. »Wir können hingehen, wo wir wollen.«

In diesem Moment riss der Typ sich die Kapuze vom Kopf.

Lucy stieß scharf den Atem aus.

»Verfluchte Werwolfkacke, das ist ein Dhampir«, stöhnte Tic in seinem Versteck.

Mats starrte sein Gegenüber mit pochendem Herzen an. Die Kreatur war das Hässlichste, was er je gesehen hatte. Ihr Schädel war mit dünner, kreidebleicher Haut überzogen und anstatt einer Nase hatte sie zwei Schlitze, die sich bei jedem Atemzug geräuschvoll aufblähten. Durch die farblosen, gläsern wirkenden Lippen konnte man zwei Reihen nadelspitzer Zähne erkennen.

Wir sind tot, dachte Mats. So was von tot!

Angriff aus dem Hinterhalt

»Sieh dir seine Augen an!« Lucy wich vor dem Schattengänger zurück, den der Feary als Dhampir bezeichnet hatte.

Mats verstand nur zu gut, was sie meinte. Er war hässlich wie die Nacht. Was ihn jedoch erst richtig entsetzlich machte, waren seine Augen. Menschliche Augen. Aus irgendeinem Grund bereitete Mats dieser Anblick Übelkeit.

Der Dhampir verzog die Lippen zu einem boshaften Lächeln. »Ihr habt einen Feary bei euch. Ich kann ihn riechen.« Seine Zunge, die ebenso milchig weiß wie seine Haut war, zuckte über seine Lippen. »Ihr zwei dürft verschwinden, aber das Appetithäppchen bleibt hier!«

Im Rucksack wimmerte es. Zur Abwechslung war Tic seine große Klappe offenbar abhandengekommen.

»Bist du einer von Vlads Männern?«, fragte Lucy, die nie groß um den heißen Brei herumredete. »Ein Nightscreamer?«

Die Augen des Dhampirs wurden schmal. »Das geht dich einen feuchten Dreck an, Menschenmädchen! Und jetzt her mit dem Feary. Ich hab seit dem Frühstück nichts mehr gegessen.«

»Du spinnst wohl!«, platzte Mats heraus, der plötzlich stinkwütend darüber war, wie dieses Monster mit Lucy redete. »Tic ist unser Freund!«

»Tja, dann habt ihr jetzt ein Problem.«

Mats hatte keine Ahnung, über welche Kräfte ihr Gegner verfügte. Das Vernünftigste wäre, einfach abzuhauen. Aber rechts und links sowie hinter ihnen waren Mauern. Damit blieb ihnen nur die Flucht nach vorne. Dummerweise war die Gasse viel zu eng dafür. Einen von ihnen würde der Dhampir auf jeden Fall erwischen und Mats würde es sich nie verzeihen, wenn Lucy etwas zustieße. Er gab nur eines, was er tun konnte: kämpfen.

»Gute Entscheidung«, sagte sein Gegenüber grinsend, als hätte er Mats' Gedanken gelesen. Dann ging er in die Hocke und stieß sich vom Boden ab.

»Halt das!«, keuchte Mats und warf Lucy den Rucksack zu. Im nächsten Augenblick krachte der Dhampir auch schon in ihn hinein und warf ihn zu Boden.

Der Aufprall war hart und presste alle Luft aus Mats' Lungen. Für einen Moment tanzten helle Flecken vor seinen

Augen. Dann klärte sich sein Blick wieder, was auch nicht viel besser war. Er starrte geradewegs in die hässliche Fratze des Dhampirs, der mit gebleckten Zähnen auf seiner Brust hockte.

»Vielleicht fange ich ja auch mit euch Menschen an und bewahre mir den Feary zum Nachtisch auf.« Der Dhampir lachte auf und verstummte abrupt, als ihn ein Stein am haarlosen Schädel traf. Mit einem Zischen wandte er sich um. »Das war keine gute Idee, Menschenmädchen!«

Lucy zuckte die Achseln. »Jeder hat mal einen schwachen Moment.«

Der Dhampir fauchte und schoss mit der Geschmeidigkeit einer Raubkatze auf sie zu. Erschrocken stolperte Lucy zurück, bis sie mit dem Rücken an die Mauer stieß. Ihr Angreifer stoppte, das Gesicht nur wenige Zentimeter von dem ihren entfernt. »Du kommst dir wohl besonders komisch vor, was?« Er beschnüffelte sie mit geblähten Nüstern und leckte sich die Lippen. »Ein einziger Biss, und das war es mit dir!«

Mats stemmte sich in die Höhe und schrie wütend auf. Der Dhampir lachte ihm entgegen. »Komm schon, Menschenjunge! Ich kann es kaum erwarten, dir dein Herz herauszureißen und es zu verschlingen!«

»Sein Kinn«, piepste es da aus Mats' Rucksack. »Das ist seine Schwachstelle.«

»Verdammter Feary!« Der Dhampir holte zum Schlag gegen

Mats aus, wobei er Lucy völlig vernachlässigte. Anscheinend hielt er sie für keine ernst zu nehmende Gefahr. Ein Fehler, denn nun trat sie ihm mit voller Wucht in die Kniekehle. Die Schattengänger jaulte vor Schmerz auf. Vergeblich rang er um sein Gleichgewicht. Er fiel nach vorne und direkt in Mats' Knie, das dieser ihm unters Kinn rammte. Ein widerliches Knacken war zu hören, bei dem sich in Mats alles zusammenkrampfte. Der Dhampir verdrehte die Augen und sackte zu Boden.

Tic kletterte aus dem Rucksack und umflatterte den Kopf der ohnmächtigen Gestalt. »Klare Sache, der ist für die nächsten zwei Stunden ausgeschaltet.« Nun flog er zu Mats und verharrte direkt vor seinem Gesicht. »Jetzt hast du mir schon zum zweiten Mal das Leben gerettet.« Er legte den Kopf leicht schief und musterte ihn mit eigentümlicher Miene. »Für einen Menschen scheinst du gar kein so übler Kerl zu sein.«

Mats, der sich auf seinen Oberschenkel abstützte und nach Luft japste, rollte mit den Augen. »Schon klar, ich habe auch kein Danke erwartet!«

In den Augen des Fearys blitzte es schelmisch.

»Was zum Teufel ist eigentlich ein Dhampir?«, wollte Lucy wissen.

»Der Nachkomme eines Menschen und eines Vampirs«, antwortete der Feary. »Im Gegensatz zu ihren blutsaugenden Verwandten reagieren sie nicht so empfindlich auf Sonnenlicht, weswegen sie auch bei Tage unterwegs sind. Außerdem stehen sie auf Feen, wie ihr gemerkt habt.«

Lucy ging zu Mats rüber und legte ihm eine Hand auf die Schulter. »Wie geht es dir?«

»Schon besser.« Er richtete sich auf und nahm ein paar tiefe Atemzüge, bevor er sich wieder an Tic wandte. »Hat Lucy recht? Ist er ein Nightscreamer?«

Tic warf dem besinnungslosen Schattengänger einen finsteren Blick zu. »Gut möglich. Vlad könnte ihn hier abgestellt haben, um die Kundschaft zu vertreiben, damit nicht herauskommt …« Er schluckte. »… herauskommt, was mit dem alten Konrad passiert ist. Zumindest vorerst.«

»Wenn wir schon beim Thema sind«, Mats schaute sich suchend um, »wo ist der Laden überhaupt?«

»Folgt mir!« Tic sauste zum Ende der Gasse, wo er, ohne abzubremsen, durch eine rote Backsteinmauer flog. Im nächsten Moment bildete sich ein größer werdendes Loch in den Ziegelsteinen. Mats staunte nicht schlecht. Die Öffnung brodelte an den Rändern wie eine Filmrolle, die gerade durchschmorte, während Tic in ihrem Zentrum schwebte und mit seinen Flügeln feinen Goldstaub verteilte.

»Es ist ein Blendzauber«, sagte er. »Eine Illusion.«

Neugierig kamen Mats und Lucy näher, als hinter Tic eine Glastür mit einem altmodischen Schriftzug sichtbar wurde:

Mats tastete nach dem Lichtschalter und drückte ihn, doch nichts tat sich. Die Lampen unter der Decke blieben dunkel, sodass der Buchladen in ein bedrückendes Zwielicht getaucht war. Nun trat er einen Schritt vor. Im einfallenden Tageslicht erkannte er unzählige Regale, bis in den letzten Winkel vollgestopft mit Büchern. Klobige, in dunkles Leder gebundene Wälzer, die einen Geruch nach Alter, Staub, aber auch vergessenen Abenteuern verströmten. Mats atmete tief ein. Er liebte solche Orte, die zum Träumen und Fantasieren einluden.

Lucy, die direkt hinter ihm war, drängte sich an ihm vorbei. »Es ist viel größer, als ich mir vorgestellt hätte.«

Tic kam als Letzter hereingeflattert. »Ich wünschte, wir hätten nicht hierherkommen müssen.« Aller Übermut, alle Keckheit war mit einem Mal von ihm abgefallen, stattdessen schwang eine tiefe Traurigkeit in seiner Stimme mit. »Was hast du jetzt vor, Menschen…, ähm, Mats?«

»Wir schauen uns erst einmal um. Allerdings hätten wir Taschenlampen mitnehmen sollen. Der hintere Teil des Geschäftes liegt in absoluter Dunkelheit.«

»Oh, da kann ich abhelfen.« Ein goldenes Glühen erwachte um Tics winzige Gestalt und erhellte die Umgebung. Nun flog er voraus, um ihnen den Weg zu leuchten. Dabei kamen sie an langen Reihen von Bücherregalen vorüber, zwischen denen die Schwärze wie ein lebendiges Wesen lauerte. Was Mats jedoch sehr viel beunruhigender fand, war das Kribbeln an seinem Hinterkopf und auf den Unterarmen. So, als wäre die Luft elektrisch aufgeladen. Und mit jedem Schritt tiefer in den Laden verstärkte es sich noch. Er sah zu Lucy rüber und hätte sich nicht gewundert, Funken über ihr Haar tanzen zu sehen. Aber natürlich waren da keine.

Bald kamen die drei in einen Bereich, der aussah, als hätte dort ein Tornado gewütet. Bücher und herausgerissene Seiten lagen achtlos auf dem Boden verstreut. Dazwischen funkelten in Tics Schein Glassplitter von zertrümmerten Vitrinen.

»Hier hat Konrad seine wirklich alten und kostbaren Bücher aufbewahrt.« Der Feary schwebte über dem Trümmerhaufen.

»Dann muss hier auch das Buch gewesen sein, nach dem die Nightscreamer gesucht haben«, vermutete Lucy.

»Möglich.« Mats blickte über die Schulter. Er hatte das Gefühl, beobachtet zu werden. Nur war da niemand. Er stieß einen der Wälzer am Boden mit dem Fuß an. Glas klimperte, als er verrutschte. Jetzt, wo er sah, wie viele Bücher es hier gab, fragte er sich, wie sie das richtige jemals finden könnten. »Vielleicht sollten wir einfach alles niederbrennen. Falls das Buch noch hier ist, wird es dabei zerstört.«

Es war nur so dahingesagt, ein dummer Gedanke, laut ausgesprochen. Doch plötzlich wurde es Mats eiskalt und sein Atem stieg als weißer Nebel von seinen Lippen auf

»Das hättest du nicht sagen dürfen.« Tic schwirrte von hier nach dort. »Irgendetwas passiert hier!« Seine Stimme klang schrill. Panisch.

»Was … was … passiert?«, wollte Lucy wissen, die sich fröstelnd die Oberarme rieb.

Der Feary jagte an Mats vorbei. »Du bringst nichts als Ärger, Menschenjunge!« Über einer eingeschlagenen Vitrine verharrte er. »Ich will etwas ausprobieren.« Das Glühen um den Feary herum erlosch. An seine Stelle trat ein schwaches, bläuliches Schimmern, das von einer geleeartigen Flüssigkeit ausging, die über Boden, Regale und Bücher auf sie zukroch.

»Igitt!«, rief Lucy. »Was ist das?«

Tic stöhnte. »Ektoplasma.«

Ein Buch kam auf sie zugeschossen. Mats zog gerade noch rechtzeitig den Kopf ein, sodass es über ihn hinwegrauschte und in das Bücherregal hinter ihm krachte. Was war das? Doch nun erhoben sich weitere Bücher vom Boden. Mats folgte ihnen mit den Augen, wie sie zur Decke aufstiegen, um sich anschließend wie hungrige Raubvögel auf die drei zu stürzen.

»Achtung, Poltergeist!«, schrie Tic und verschwand kopfüber im Rucksack.

Poltergeist

Mats riss Lucy mit sich zu Boden. Die dicken Wälzer zischten über ihre Köpfe hinweg. So knapp, dass sie den Luftzug im Nacken spürten.

Puh! Mats linste unter seinem Arm hervor, den er schützend über das Gesicht gelegt hatte. Was er sah, gefiel ihm überhaupt nicht. Die Bücher drehten bereits bei und gingen erneut zum Angriff über. Jetzt hielten sie genau auf die beiden zu. Das würde wehtun!

»He, Konrad? Bist du das?«, rief der Feary aus seinem Versteck. »Dann lass den Quatsch. Ich bin's, Tic!«

In letzter Sekunde zogen die Bücher hoch und schwirrten wie uralte Propellermaschinen ins Dunkle davon. Stille kehrte in den Buchladen ein. Dieses Mal hatte sie etwas Erwartungsvolles, ja fast schon Neugieriges an sich, wie Mats fand. Er hob den Kopf und sah sich um. Nirgends regte sich etwas innerhalb des blauen Dunstkreises, den das Ektoplasma verströmte. »Ich glaube, es ist vorbei«, sagte er zu Lucy.

Die beiden standen auf und klopften Staub und Splitter von ihren Klamotten. Just in diesem Moment erklang ein Räuspern hinter ihnen. Erschrocken wirbelten sie herum.

»Entschuldigt bitte«, sagte die durchscheinende Gestalt eines alten Mannes. »Zuerst dachte ich, ihr gehört zu Vlads Leuten. Erst recht, nachdem ihr gedroht hattet, meine kostbaren Bücher zu verbrennen.« Er schob seine winzige Brille auf der Nase zurecht und schüttelte anschließend über sich selbst den Kopf. »Manche Gewohnheiten legt man selbst im Tode nicht ab.«

»Sie … Sie sind ein Geist.« Lucys Lippen zitterten.

»Ich fürchte, du hast nur allzu recht, junge Dame.« Der Alte lächelte. »Darf ich mich vorstellen: Konrad Abendrot.«

»Lucy, äh, Lucy Luchs. Und das ist mein Freund Mats Greifenhall.«

Der Geist wandte sich Mats zu. »Dein Name ist Greifenhall?«

Mats konnte nicht anders, als stumm zu nicken. Kannte der Geist ihn etwa? »Sind … sind wir uns schon mal begegnet?«

»Nein, ganz sicher nicht.« Der Alte schüttelte den Kopf und fügte hinzu: »Du weißt es noch nicht, oder?«

»Was …« Mats räusperte sich, um den Kloß zu vertreiben, der sich beim Anblick des Geistes in seinem Hals gebildet hatte. »Was weiß ich noch nicht?«

»Ach, nichts.« Der Geist wandte sich ab, als suche er nach jemandem. »Habe ich nicht gerade die Stimme meines Freundes Tic gehört?«

Der Feary kam aus dem Rucksack auf Mats' Rücken geschossen. »Bin ich froh, dich zu sehen. Auch wenn du jetzt ein bisschen anders aussiehst als früher.« Nun umschwirrte er den Kopf des alten Mannes wie eine Fliege einen Kuhfladen. »Ich dachte … ich dachte … Ach, verdammt, ich konnte einfach nichts tun, Konrad. Ich wollte sie ja aufhalten, aber sie waren einfach zu viele.«

»Ich weiß, mach dir deswegen keine Vorwürfe, Tic. «

»Ich habe noch nie einen echten Geist gesehen.« Lucy hob die Hand zum Mund und ließ sie wieder sinken. »Passiert das jedem von uns?«

Der alte Konrad seufzte. »Eigentlich nur jenen, die das Gefühl haben, eine unerledigte Aufgabe im Leben zurückgelassen zu haben.«

»Hat das etwas mit dem Buch zu tun, das die Nightscreamer wollten?«, platzte Mats heraus, bevor es ihm bewusst wurde, dass diese Frage vielleicht zu privat war. »Tut mir leid, ich wollte nicht unhöflich sein. Aber in den letzten Tagen sind mir so viele verrückte Dinge passiert, dass ich einfach nicht mehr weiß, wo mir der Kopf steht. Verstehen Sie?« Er raufte sich das Haar. »Ich will doch bloß wissen, was in dieser Stadt vorgeht. Aber niemand will es mir verraten.«

Der Geist musterte ihn eine Weile schweigend, bevor er nickte. »Ich verstehe dich nur zu gut, junger Mann. Und ja, du hast recht. Dieses Buch ist mir so wichtig, dass mir sein Diebstahl selbst im Tode keine Ruhe lässt.«

»Die Nightscreamer haben es also gefunden?«

»Bedauerlicherweise.« Der Geist schwebte zu einer leeren Vitrine. »Ursprünglich bewahrte ich es hier drin auf. Doch wenn ich gewusst hätte, dass jemand hinter dem Buch her ist, hätte ich ein besseres Versteck dafür gesucht.«

»Aber was will dieser Teufel Vlad damit?« Tic kam herbeigeflattert, um sich auf Mats' rechte Schulter zu setzen.

»Ich wünschte, das dürfte ich euch sagen.« Mit traurigen Augen blickte er von einem zum anderen. »Aber ein Schwur, den ich einst gegeben habe, verbietet mir, das Geheimnis des Buches preiszugeben.«

»Das … das ist ein Witz, oder?« Mats trat nach ein paar Wälzern, die vor ihm auf dem Boden lagen. Zuerst Nummer dreizehn, der sich weigerte, mit ihm zu reden. Und nun dieser Geist, der die Antworten auf seine Fragen kannte, sich jedoch an so einen dämlichen Schwur klammerte. Das war einfach nur unfair. »Wir wollen doch nur helfen«, brach es mit einer Mischung aus Verzweiflung und Wut aus ihm heraus. »Und vielleicht können wir Vlad sogar aufhalten, aber dazu müssen Sie uns alles sagen, was Sie wissen!«

»Eigentlich seid ihr viel zu jung, um euch mit dem Anführer der Nightscreamer anzulegen. Ihr ahnt nicht, wozu er fähig ist.« Der Geist stieß einen langen, schaurigen Seufzer aus. »Aber ich weiß auch, dass es nichts bringen würde, euch davon abhalten zu wollen. Es gibt Dinge, die kann man nicht ändern, weil sie einfach vorherbestimmt sind.« Wieder musterte er Mats mit diesem sonderbaren Blick, der ihm das Gefühl gab, der alte Konrad wisse mehr über ihn als er selbst.

»Dann werden Sie uns helfen?«, fragte Lucy hoffnungsvoll.

»Soweit es mir erlaubt ist, werde ich euch sagen, was ich weiß.« Er schwebte den dreien entgegen. »Allerdings gibt es Grenzen, die ich nicht überschreiten kann. Ich bitte euch, das zu respektieren.«

Mats nickte ungeduldig. Wenige Antworten waren immer noch besser als gar keine.

Verbotene Magie

»Es nennt sich das *Buch der Schattenflüche* und enthält eine umfangreiche Sammlung todbringender Zaubersprüche. Eine Form der schwarzen Magie, die schon vor langer Zeit verboten wurde«, erzählte ihnen der alte Konrad. »Die meisten dieser Sprüche sind so alt, dass sich heutzutage keiner mehr daran erinnert. Durch Zufall kam ich vor vielen Jahren in den Besitz des Buches und wachte seitdem darüber. Aber das ist nicht alles.« Der Geist zögerte. »Das Buch umgibt noch ein weiteres Geheimnis, das sehr viel gefährlicher ist als sein Inhalt.«

»Vlad plant einen Krieg gegen uns Menschen, nicht wahr?«, platzte Lucy heraus. »Und er braucht dieses Buch dafür. Ist es nicht so?«

Der alte Konrad sog hörbar die Luft ein, was ziemlich seltsam bei einem Geist wirkte. »Deine neuen Freunde sind nicht auf den Kopf gefallen, Tic.« An Lucy gewandt fügte er hinzu: »Ja, in gewisser Weise könnte man von einem Krieg sprechen.«

»Ein Krieg also.« Mats schüttelte es bei der Vorstellung. »Aber wie kann ein einzelnes Buch Vlad eine solche Macht geben?«

Der Geist warf einen unbehaglichen Blick über die Schulter, als laure dort etwas in der Dunkelheit. »Mehr darf ich euch nicht sagen, tut mir leid.« Nun sah er von einem zum anderen. »Ihr müsst das Buch finden und zu mir zurückbringen. Das ist der einzige Weg, um größeres Unheil zu verhindern, versteht ihr? Der einzige Weg.«

»Wir wissen ja nicht einmal, wie es aussieht«, warf Mats ein.

»Glaubt mir, ihr werdet es erkennen, sobald ihr es seht.«

»Na schön, aber wo sollen wir mit unserer Suche anfangen?« Lucy schob sich eine schwarze Strähne hinters Ohr. »Wo finden wir diesen Vlad?«

»Wenn irgendwer das wüsste, säße Vlad längst im tiefsten Verlies des Schattenschlunds. Aber Vlad ist gerissen, er wechselt sein Versteck ständig.« Eine steile Falte erschien auf der Stirn des Geistes, während er sich erneut die Brille zurechtrückte. »Wenn ihr euch wirklich auf die Suche nach ihm und dem Buch machen wollt, müsst ihr in die Stadt der Schattengänger hinabsteigen. Dort werdet ihr am ehesten an Informationen über den Anführer der Nightscreamer kommen. Aber ich warne euch, der Schattenschlund ist für Menschen nicht ungefährlich.«

Mats wandte sich dem Feary zu, der auf seiner Schulter hockte. »Ihr habt eure eigene Stadt?«

Tic zögerte, bevor er nickte. »Sie ist unser bestgehütetes Geheimnis. Eigentlich sollte nicht einmal der alte Konrad davon wissen.« Er warf dem Geist einen durchdringenden Blick zu. »Der Schattenschlund liegt unterhalb von Berlin und der Zugang ist für Menschen strengstens verboten.«

»Wir könnten uns verkleiden«, schlug Lucy vor.

»Glaubst du, wir leben noch hinter dem Mond?« Tic verdrehte die Augen. »Es gibt Sicherheitsvorkehrungen. Und selbst wenn ich euch an dem Torwächter vorbeibekäme, würdet ihr im Schattenschlund keine fünf Minuten unentdeckt bleiben. Ihr stinkt hundert Meter gegen den Wind nach Mensch.« Der Feary verschränkte die Arme vor der Brust. »Außerdem müssten wir ins *Loch*. In diesem Viertel lebt der Abschaum, aus dem die Nightscreamer gewöhnlich ihre Leute rekrutieren. Diebe, Falschspieler, Mörder. Nur dort werden wir die gesuchten Informationen bekommen – wenn überhaupt.«

Mats verzog spöttisch die Mundwinkel. »Das klingt ja fast so, als würdest du dir Sorgen um uns machen.«

»Ich? Mir Sorgen machen? Um zwei Menschen? Eher würde ich mir die Flügel ausreißen und für den Rest meines Lebens zu Fuß gehen.« Er schoss von Mats' Schulter direkt vor dessen Gesicht, wo er drohend mit seinem Zeigefinger herumfuchtelte. »Also schön, ich werde euch in unsere Stadt bringen. Aber jammert mir später nicht die Ohren voll, wenn Kali euch vier Paar neue Arme verpasst oder ihr im Magen eines Drachen landet. Das ist dann ganz allein euer Problem, kapiert?«

Das Geheimnis der Spiegelreisen

Die drei wollten gerade aufbrechen, als der alte Konrad sich noch einmal an Tic wandte: »Ach ja, das hätte ich fast vergessen. Das Säckchen Karamellzucker, das ich dir besorgen sollte, liegt auf dem Schreibtisch in meinem Büro.«

Mats öffnete den Mund, da hob der Feary schon die Hand. »Vielen Dank, Konrad, aber ich habe beschlossen, dass zu viel Zucker nicht gut für mich ist.« Damit jagte er auch schon davon, dem Ausgang des Buchladens entgegen.

Vor der Tür stellte Mats beunruhigt fest, dass der Dhampir fort war. Offensichtlich hatte er sich davongemacht, um seine Wunden zu lecken oder um Verstärkung zu holen. Nur gut, dass sie im Begriff waren, von hier zu verschwinden.

»Wann brechen wir auf?«, fragte Mats auf dem Weg zur Haltestelle. Er rieb sich die Hände, weil er es kaum erwarten konnte, eine ganze Stadt voller Fabelwesen zu betreten. Selbst Mad Jack würde bei einer solchen Gelegenheit grün vor Neid werden.

Tic, der sich wieder im Rucksack verkrochen hatte, schnaubte. »Erst muss mir noch eine Lösung einfallen, wie wir euren Geruch vor den anderen Schattengängern verbergen. Gerade Ghule, Werwölfe und Sphingen haben eine besonders feine Nase, an denen würdet ihr niemals lebendig vorbeikommen.«

»Ach, dir wird schon was einfallen.«

»Ja, klar, das mache ich doch mit links«, brummte Tic.

Es war Mittag, als die drei im Greifenhall eintrafen. Und weil sie seit dem Frühstück nichts mehr gegessen hatten, machten sich bei all den köstlichen Düften, die ihnen aus dem Hotelrestaurant entgegenwehten, sofort ihre Mägen bemerkbar. Vor allem der von Tic knurrte so laut, dass eine alte Dame ihnen empörte Blicke zuwarf.

Auf dem Weg nach oben hatten sie das Pech, Mats' atemloser Mutter über den Weg zu laufen. »Gut, dass ich euch hier treffe.«

»Was ist denn los, Mum?« Mats ahnte nichts Gutes.

»Lisa und Thomas sind nicht zur Arbeit erschienen, weil sie die Nacht über kein Auge zugetan haben. Aus ihrem Badezimmer sollen unheimliche Geräusche gekommen sein.« Sie seufzte. »Bestimmt waren es bloß Ratten oder eine Schlange, die sich in den Abflussrohren eingenistet hat. Darüber liest man ja ständig in der Zeitung. Auf jeden Fall geht hier gerade alles drunter und drüber, weil wir viel zu wenige sind.« Sie fasste sich an die Stirn, als wäre sie einer Ohnmacht nahe. »Bitte sagt mir, dass ihr für die beiden einspringt!«

Das war das Letzte, wozu Mats jetzt Lust hatte. Aber seine Mutter schaute derart verzweifelt drein, dass er ihr die Bitte einfach nicht abschlagen konnte. »Na schön, aber zuerst essen wir was.«

»Ihr zwei seid echte Schätzchen!« Frau Greifenhall umarmte die beiden und rauschte anschließend Richtung Aufzug davon. »Wir treffen uns in fünfzehn Minuten an der Rezeption!«, rief sie ihnen noch zu, bevor sich die Türen schließen konnten.

»Unheimliche Geräusche aus dem Badezimmer«, murmelte Mats nachdenklich, während sie die restlichen Stockwerke erklommen.

»Klingt mir ganz nach illegalen Spiegelreisen«, meinte Lucy.

Der Feary schob seinen Kopf aus dem Rucksack. »Das macht keinen Sinn. Vlad hat doch das Buch. Wozu sollte er dann noch weitere Risiken eingehen?«

»Achtung«, zischte Lucy, als ihnen eine lautstarke, fünfköpfige Familie von oben entgegenkam.

Sofort verschwand Tic in der Versenkung und tauchte erst wieder auf, nachdem sie im nächsten Stockwerk waren.

»Na ja, einen Krieg vorzubereiten, macht sicher jede Menge Arbeit.« Mats zuckte die Achseln. »Bestimmt braucht er Waffen und muss Verbündete mobilisieren.«

»Oder Zutaten besorgen«, warf Lucy ein.

»Zutaten?« Mats zog fragend die Brauen hoch.

Sie nickte. »Vielleicht will er ja ein paar Todesflüche aus dem Buch ausprobieren.« Sie sah zu Tic rüber. »Man braucht doch Zutaten für schwarze Magie, oder?«

»Hm, ja, ich denke schon, aber so genau kenne ich mich damit nicht aus.« Tic fuhr sich durch sein kupferfarbenes Haar. »Trotzdem macht es keinen Sinn. Schön, es gibt keinen schnelleren Weg, als mit magischen Spiegeln zu reisen. Aber damit geht er auch das Risiko ein, die Bruderschaft des Blinzlers auf seine Spur zu bringen. Daran dürfte dieser Teufel nun wirklich kein Interesse haben. Nicht bei dem, was er plant.«

»Die Bruderschaft des Blinzlers?«, fragte Mats.

»So etwas wie unsere Polizei.«

»Dann kann es eigentlich nur einen Grund geben.« Lucy war mitten auf der Treppe stehen geblieben. »Vlad läuft aus irgendeinem Grund die Zeit davon.«

»Bei Nessy, das ist es!« Tic schlug sich mit der Hand auf die Stirn. »Welcher Tag ist heute?«

»Samstag«, sagte Mats.

»Ich meine das Datum. Schnell!«

»Der 20. Juni. Warum?«

Tic ballte seine kleinen Hände zu Fäusten. »Dreimal verfluchte Werwolfkacke! Warum habe ich nicht früher daran gedacht?«

Erdgnome

»Was hat das zu bedeuten, Tic?«, wollte Lucy wissen.

»Ihr Menschen habt wirklich alles vergessen, was? Der 21. Juni ist der Tag der Sommersonnenwende, eine der magischsten Nächte des ganzen Jahres. Dann gelingen selbst Zauber, die sonst nie funktionieren würden. Darum ist Vlad so in Eile. Was immer er vorhat, er wird es morgen um Mitternacht tun.«

Mats' Magen krampfte sich zusammen. Wie sollten sie es bis dahin schaffen, das Buch zurückzuholen? »Shit! Bist du dir auch ganz sicher?«

»Es kann gar nicht anders sein.« Tic blickte verzweifelt von einem zum anderen. »Wenn Vlad wirklich auf die zusätzliche Magie aus der Nacht der Sommersonnenwende aus ist, muss es um einen verborgenen Zauber in dem Buch gehen, der noch gefährlicher ist als ein ganzer Haufen Todesflüche.«

Mats stöhnte. »Ist das überhaupt möglich?«

»Offensichtlich schon«, sagte Lucy mit leichenblasser Miene.

Tic fluchte. »Ich wünschte, wir wüssten, was Vlad vorhat. Das würde uns vieles erleichtern.«

Mittlerweile hatten sie den zwölften Stock des Hotels erreicht. Lucy war ein wenig außer Puste, im Gegensatz zu Mats, der es gewohnt war, die vielen Stufen zu laufen. In der Küche schmierten sie sich ein paar Käse-Schinken-Sandwiches, während Tic lustlos an einem für ihn viel zu großen Apfel herumknabberte. Mats beunruhigte dieser Anblick fast mehr als das Gerede über Todesflüche und verborgene Zauber. Denn wenn selbst dem Feary der Appetit verging, stand es wirklich übel um sie.

»Ich lasse mir was einfallen«, sagte Tic, nachdem Mats und Lucy in ihre Hoteluniformen geschlüpft waren. »Irgendwie kriege ich euch schon in den Schattenschlund geschmuggelt.«

»Eigentlich müssten wir ja sofort aufbrechen, wo nur noch so wenig Zeit bleibt«, meinte Mats.

»Ohne gute Verkleidung – und ich spreche nicht von Brille und falschem Schnurrbart – schafft ihr es nie bis in unsere Stadt.« Tic lehnte sich mit der Schulter an den kaum angenagten Apfel. »Außerdem erwacht das Viertel, in das wir wollen, erst bei Nacht so richtig zum Leben. Und bis dahin sind es noch ein paar Stunden.«

»Bist du verrückt?« Lucy starrte ihn ungläubig an. »Wie soll ich meinem Vater erklären, dass ich die Nacht über wegbleibe?«

»Ach was, das kriegen wir schon hin«, warf Mats ein und zog seine Uniform zurecht. »Wir wenden einfach den gleichen Trick wie vor drei Monaten an, als wir auf das Lady-Gaga-Konzert gegangen sind. Wir sagen deinem Dad, dass du bei mir übernachtest, und meinen Eltern, dass ich bei dir bin. Das hat auch beim letzten Mal funktioniert.«

Lucy biss sich auf die Unterlippe, dann nickte sie. »Das könnte klappen. Im Moment hat Paps so viel mit seinem Geschäft um die Ohren, dass er nicht groß nachhaken wird.«

»Na also.«

Tic verzog sich in Mats' Zimmer, während die beiden zur Rezeption aufbrachen, um sich dort mit Frau Greifenhall zu treffen, die völlig neben der Spur war. Sie knabberte an ihren rot lackierten Fingernägeln und hatte eine Frisur, als hätten sich Fledermäuse darin eingenistet.

»Da seid ihr ja endlich!« Sie drückte Mats und Lucy je eine Liste mit Aufgaben in die Hand, die beide aufstöhnen ließ. »Und jetzt beeilt euch, unsere Gäste warten nicht gerne.«

Lucy hatte wieder einmal Hundedienst. Mats musste

dagegen alle Pflanzen im gesamten Hotel gießen, wofür er fast drei Stunden brauchte, und anschließend noch die Schuhe derjenigen Gäste einsammeln, die diese zum Putzen vor die Tür ihrer Suite gestellt hatten. Kaum war er auch damit fertig, ereilte ihn ein Sonderauftrag seiner Mutter. Mr Myrddin hatte telefonisch darum gebeten, dass Mats ihm die Ausgabe der heutigen Abendzeitung aufs Zimmer bringen solle. Auf dem Weg in den ersten Stock grinste Mats wie ein Honigkuchenpferd. Dieses Mal würde Nummer dreizehn nicht daran vorbeikommen, ihm seine Fragen zu beantworten.

Er hob die Hand, um anzuklopfen, als die Tür mit einem Mal aufflog und ihm ein Stoffbündel ins Gesicht klatschte, das so widerlich stank, dass es ihm die Tränen in die Augen trieb. Vor Schreck ließ Mats die Zeitung fallen, um sich das Bündel vom Kopf zu reißen. Dabei sah er aus dem Augenwinkel, wie eine kleine graue Klaue die Zeitung durch den Türspalt zerrte, bevor diese wieder ins Schloss fiel.

»Hey!«, schrie Mats empört. »Was soll der Mist?«

Natürlich erhielt er keine Antwort.

Wütend betrachtete Mats das Kleiderbündel in seinen Händen. Es waren zwei dunkelbraune Kapuzenmäntel, die mit Flecken und Schlammspritzern übersät waren. Am schlimmsten war jedoch der Gestank, der ihm fast die Nasenschleimhäute wegätzte. Eine Mischung aus Hühnerscheiße,

Schweiß und fauligem Sumpfwasser. Sollte er die Mäntel etwa reinigen lassen? Da entdeckte Mats einen Zettel, der an einem der Mäntel hing. Er riss ihn ab und faltete das Papier auseinander.

Die werdet ihr brauchen!

Mats klappte den Mund auf und wieder zu. Nummer dreizehn konnte unmöglich wissen, was sie vorhatten. Und dennoch gab es keine andere Erklärung: Die Kapuzenmäntel waren als Verkleidung für ihn und Lucy gedacht, wenn sie heute Abend in den Schattenschlund hinabstiegen. Vor allem würde bei dem Gestank niemand darauf kommen, dass zwei Menschen daruntersteckten. Mats stürmte hinauf in den zwölften Stock, um Tic die gute Nachricht zu überbringen.

Lucy war auch schon dort, lümmelte sich auf seinem Bett und blätterte in einem seiner Comics. Kaum hatte Mats das Zimmer betreten, sprang sie auf und hielt sich angeekelt die Nase zu. »Iiieh, stinkst *du* so?«

Mats hielt triumphierend die Mäntel hoch, woraufhin Tic herbeigeflattert kam, um sie zu begutachten. »Die stammen von Erdgnomen«, sagte der Feary und ging gleich wieder auf Abstand. »Die halten nicht viel von Wasser, weil es angeblich krank macht, sich zu häufig zu waschen.«

»Was heißt häufig?«, fragte Lucy.

»Bei Erdgnomen? Alle drei Monate.« Tic runzelte die Stirn. »Die Mäntel sind perfekt. Nur wo hast du sie her?«

Mats erzählte ihm von Mr Myrddin.

Tic brach in schallendes Gelächter aus. »Nie im Leben! Der echte Myrddin würde doch nicht in einem Menschenhotel absteigen. Nein, nein ...« Er schüttelte den Kopf. »Das kann nur ein Deckname sein. Trotzdem: Bei nächster Gelegenheit sollten wir uns diesen Kerl mal zur Brust nehmen. Nur nicht heute.« Nun flog er zum Fenster. Mats folgte ihm. Ein dunkelroter Abendhimmel hatte sich über Berlin gelegt, sodass es aussah, als stünde die Stadt in Flammen. »Es wird Zeit, aufzubrechen«, sagte Tic.

Der Torwächter

Mats' Mutter rief ihnen ein Taxi, das sie zur Wohnung von Lucy und ihrem Vater bringen sollte. Zum Glück kam sie jedoch nicht mit nach draußen, sondern verabschiedete sich im Foyer des Hotels von den beiden.

»Viel Spaß bei eurer DVD-Nacht. Ach ja, und guckt euch bloß nicht dieses Horrorzeugs an, sonst kann Mats wieder nicht schlafen.«

»Mum!«, protestierte der.

Doch sie strubbelte ihm bloß durchs Haar und eilte davon.

Das Taxi wartete schon. Der Fahrer, ein Inder mit dunklem Bart und meerblauem Turban, nickte ihnen beim Einsteigen freundlich zu. »Wo soll's hingehen, Leute?«

Mats nannte ihm die Adresse, die er von Tic bekommen hatte, der sich zusammen mit den Umhängen in seinem Rucksack befand.

»Seid ihr sicher? Da draußen gibt's doch nur Lagerhallen.«

»Stimmt schon«, sagte Lucy und lächelte unschuldig. »Aber heute Abend findet dort eine Jugenddisco statt. Cool, nicht wahr?«

»Na, wenn das so ist.« Der Fahrer gab Gas und sie fuhren mit quietschenden Reifen los. In Rekordzeit schlängelte sich das Taxi durch den Berliner Abendverkehr, sodass Mats und Lucy am Ende mit einem leicht flauen Gefühl im Magen ausstiegen. Kaum war das Taxi außer Sicht, schoss Tic mit einem Aufschrei aus dem Rucksack.

»Ich dachte schon, ich würde an dem Gestank sterben.« Er spuckte mehrmals aus. »Bäh, pfui, igitt!«

Lucy rollte mit den Augen. »Was sollen wir sagen? Wir müssen die Mäntel die ganze Nacht über tragen.«

Mats schaute sich derweil um. Über ihm erstrahlten die Sterne wie Millionen winziger Leuchtdioden in einem pechschwarzen Himmel. Die Straße, auf der sie standen, war dagegen nur mäßig beleuchtet. Mats' Blick huschte über die roten Ziegelsteinmauern zu beiden Seiten. Dahinter erhoben sich Lagerhallen. Die meisten waren in Dunkelheit gehüllt. Als er sich umdrehte, erschrak Mats fast darüber, wie weit das hell erleuchtete Berlin von ihnen entfernt war. Hier draußen waren sie völlig auf sich alleine gestellt. Der Gedanke gefiel ihm überhaupt nicht.

Tic näherte sich ihm. »Der Eingang in dieser Gegend wird kaum mehr benutzt. Zu abgelegen. Dafür ist er auch nur halb so gut bewacht wie die zentralen Zugänge in den Schattenschlund. Das sollte unsere Chancen erhöhen, euch am Torwächter vorbeizuschmuggeln.«

»Und wo ist er?«, fragte Lucy. »Ich meine, der Eingang.«

»Ganz in der Nähe. Am besten schlüpft ihr schon mal in eure Verkleidung.«

Mats holte die Mäntel aus dem Rucksack. Einen reichte er an Lucy weiter, den anderen behielt er für sich selbst. Kaum hatte er sich die Kapuze über den Kopf gezogen, trieb ihm der scharfe Schweißgeruch erneut die Tränen in die Augen. Es kostete ihn eiserne Disziplin, sich den Mantel nicht gleich wieder runterzureißen. Blinzelnd sah er zu Lucy rüber, die vornübergebeugt stand und würgte.

»Atmet durch den Mund«, empfahl Tic.

Es dauerte trotzdem eine Weile, bis beide sich halbwegs an den Gestank der Gnomenkleidung gewöhnt hatten.

Der Feenmann nutzte die Zeit, um Mats und Lucy einer genauen Betrachtung zu unterziehen. »Hm, die Größe geht schon in Ordnung. Aber eure Gesichter sind viel zu sauber. Erdgnome starren vor Dreck.«

Lucy kniff die Lider zusammen. »Was heißt das jetzt wieder?«

Tic flatterte zu ihr rüber, verschränkte die Arme vor der Brust und grinste breit. »Na, was schon, Mylady? Natürlich dass Ihr Euch ein wenig schmutzig machen müsst.«

Also pulten Mats und Lucy winzige Erdbröckchen aus Rissen und Spalten im Asphalt und rieben sich damit die Gesichter ein. Mats hasste den Feary dafür, obwohl er wusste, dass Tic recht hatte. Ihre Verkleidung musste perfekt sein, wenn sie nicht erwischt werden wollten.

Nachdem sie auch damit fertig waren, unterzog Tic sie einer weiteren Begutachtung, bevor er sie aufforderte, ihm zu folgen. Er flog geradewegs auf eine Litfaßsäule am Straßenrand zu, die mit bunten Plakaten für ein Musikfestival und den Kinofilm *Scary City* warb, von dem Mats noch nie etwas gehört hatte. Überhaupt war es völlig dämlich, hier draußen Werbung zu machen, wenn es doch kaum jemanden an diesen abgelegenen Ort verschlug. In diesem Moment verschwand Tic mit einem funkensprühenden *Wusch* im Inneren der Litfaßsäule.

Ein Blendzauber, ging es Mats auf. Dennoch blieb er erst einmal vor der Säule stehen und streckte die Hand aus, um zu sehen, wie seine Finger in dem nur scheinbar festen Material versanken. »Verrückt!«

»Mach schon«, forderte ihn Lucy auf. »Sonst verlieren wir Tic noch.«

Mats schloss die Augen und trat einen Schritt vor. Kein Widerstand. Nur ein leichtes Prickeln auf der Haut. Nun öffnete er die Lider wieder und fand sich auf einer verrosteten Wendeltreppe wieder, die in engen Spiralen in die Tiefe führte. Ein Lichtschein drang von unten zu ihm herauf und brachte die vielen Spinnennetze um ihn herum zum Glitzern. Im nächsten Augenblick drohte Mats den Halt zu verlieren, als Lucy ihn von hinten anrempelte. Zum Glück bekam sie rechtzeitig seinen Mantel zu fassen.

»Sorry, aber warum bist du auch stehen geblieben?«

Tic erwartete die beiden am Ende der Treppe, die in einen schmutzig grauen Betontunnel mündete, über dessen Decke eine Vielzahl von Rohren in verschiedenen Größen und Farben verlief. Ein Wartungsschacht. Vermutlich gab es davon ein ganzes Labyrinth unter einer Metropole wie Berlin.

»Gleich treffen wir auf den Torwächter.« Tic flog ihnen voraus. »Überlasst mir das Reden und haltet die Köpfe gesenkt.«

Kurz darauf erreichten sie eine Stahltür, auf der in fetten, roten Buchstaben *Achtung, Starkstrom!* stand.

»Hilf mir mal, Mats«, forderte der Feary ihn auf.

»Diese Tür?« Argwöhnisch beäugte er den Totenschädel unter dem Warnhinweis.

»Siehst du hier noch eine andere, Menschenjunge?«

»Ist ja schon gut.« Mats umfasste die Klinke und die Tür schwang langsam nach innen auf.

Vor ihnen lag ein würfelförmiger Raum, der komplett in Schwarz gehalten war. In der Mitte stand ein silberner Torbogen, der Mats an einen Metalldetektor auf dem Flughafen erinnerte. Daran lehnte ein hochgewachsener Mann in einer mitternachtsblauen Uniform und war in eine Zeitung vertieft. Stirnrunzelnd blickte er auf, als die drei eintraten. Abgesehen von den spitzen, mit feinen Haarbüscheln besetzten Ohren und den gelborangefarbenen Luchsaugen sah er wie ein Mensch aus. Trotzdem hatte Mats Mühe, ihn nicht zu auffällig anzustarren. So viele Schattengänger hatte er schließlich noch nicht zu Gesicht bekommen. Und so einen wie diesen erst recht nicht.

»Guten Abend, Torwächter«, begrüßte Tic ihn mit ausgesprochener Höflichkeit. »Meine Freunde und ich wünschen Einlass in den Schattenschlund.«

Der Torwächter richtete sich zu seiner vollen Größe auf, faltete die Zeitung zusammen und schob sie in die Gesäßtasche seiner Uniform. Seine Katzenaugen musterten die drei eindringlich. »Wie lauten eure Namen und wie der Grund eures Besuchs?«

»Tic MacFly und seine Freunde Seuk und Trapper. Wir kommen aus Nebelheim im hohen Norden und wollen alte

Freunde besuchen. Du weißt schon, ein bisschen in vergangenen Zeiten schwelgen, als noch alles besser war.«

Der Luchsmann schnüffelte. »Erdgnome.« Seiner Miene war nicht zu entnehmen, ob er das für etwas Gutes oder Schlechtes hielt. Nun zog er aus der Innentasche seiner Jacke eine faustgroße indigoblaue Kugel. Sobald er sie auf Tic richtete, schoss ein gelblicher Lichtstrahl daraus hervor und scannte den Feenmann. Danach machte er das Gleiche mit Mats. Er rechnete bereits damit, dass das Ding aufheulen oder sonst wie Alarm schlagen würde, aber nichts passierte. Auch bei Lucy gab der Apparat keinen Mucks von sich.

»Keine illegalen magischen Substanzen oder Gegenstände«, stellte der Wächter zufrieden fest. »Ihr dürft passieren!«

Tic nickte und flatterte auf den silbrigen Torbogen zu. Mats und Lucy folgten ihm mit gesenkten Köpfen. Als sie an dem Torwächter vorübergingen, schielte Mats auf das Abzeichen auf seiner Brusttasche. Es zeigte ein großes Auge mit roter Pupille, aus dessen Seiten Fledermausflügel ragten. Ein Blinzler.

Willkommen im Schattenschlund

Mats hatte keinerlei Vorstellung davon, was passieren würde, wenn er den merkwürdigen Detektor durchschritt. Tic hatte ihn mit keinem Wort erwähnt. Was nun geschah, war faszinierend und erschreckend zugleich. In dem Detektor fühlte sich Mats, als würde er in winzigste Teile zerrissen, um anschließend wie in einem Abflussrohr in die Tiefe gespült zu werden. Mats wollte schreien, aber er konnte nicht, denn er hatte keine Stimme mehr. Auch keinen Körper. Für wenige Sekunden bestand er nur noch aus Gedanken. Dann setzte er mit einem schmerzhaften Ruck auf einer gepflasterten Straße auf. »Was … war … das?«

»Ein magischer Teleporter«, sagte Tic, der ein Stück über ihm schwebte. »Wir befinden uns jetzt in einem riesigen Höhlensystem Hunderte Meter unter Berlin. Fantastisch, nicht wahr?«

»Du hättest uns ruhig vorwarnen können«, stöhnte Lucy und hielt sich den Kopf. »Mir wird vom Achterbahnfahren immer schlecht. Und das hier war noch schlimmer.«

»Menschen! Euch kann man auch nie etwas recht machen.« Es klang zwar wie ein Vorwurf, dennoch glaubte Mats, einen amüsierten Unterton aus Tics Worten herauszuhören. Er schüttelte den Kopf. Das war wieder mal typisch für den Feary.

Die Pflastersteinstraße, der sie nun folgten, verlief durch einen gewundenen Tunnel, dessen Wände mit lumineszierenden Flechten bewachsen waren. Mats strich mit den Fingern darüber und zog sie angeekelt zurück. Das Zeug fühlte sich wie Schleim an.

»Was ist *das*?« Lucy starrte auf einen Haufen Knochen, der am Straßenrand aufgeschichtet war und auf dem ein Schädel thronte, der eindeutig nicht menschlich war.

»Auf keinen Fall stehen blieben!« Tic sauste zu ihr hin und zerrte an ihrem Mantel. »Das ist kein guter Ort für eine Pause.«

»Kann es sein, dass du uns noch mehr verschwiegen hast?«, fragte Mats übellaunig.

In diesem Moment jagte ein schriller, von Hunger geplagter Schrei durch den Tunnel, der Mats durch Mark und Bein ging.

»Äh, kann schon sein«, sagte Tic. »Und jetzt: LAUFT!«

Mats und Lucy liefen los, während hinter ihnen ein zweiter Schrei ertönte, in den weitere einfielen. Das waren eindeutig Jagdschreie!

»Wer oder was ist das?«, keuchte Mats.

»Außerhalb der Stadt leben ein paar Stämme von wilden Furien«, sagte Tic, der auf Höhe seines Kopfes flog. »Jetzt beeilt euch schon. Sie kommen immer näher.«

»Wie gefährlich sind sie?«, wollte Lucy wissen, die Mühe hatte, mit ihnen mitzuhalten.

»Warum fragst du das nicht den armen Kerl, dessen Knochen du vorhin bewundert hast?«

Ach was soll's, dachte Mats und ergriff Lucys Hand. Es war ihm egal, was sie davon hielt. Auf keinen Fall würde er zulassen, dass sie hinter ihnen zurückfiel.

Kurz darauf machte der Tunnel einen Knick. Dahinter lag ein mittelalterliches Stadttor mit Zinnen und Türmen. Die drei hielten darauf zu, als plötzlich eine riesige, neongrüne Leuchtreklame über dem Tor erstrahlte: *Willkommen im Schattenschlund.*

»Gleich sind wir in Sicherheit!«, rief Tic. »Die wilden Furien wagen es nicht, die Stadt zu betreten.«

Tatsächlich klangen die Jagdschreie immer wütender und enttäuschter, je näher die drei dem Stadttor kamen, und fielen ganz hinter ihnen zurück, als sie es passierten. Auf der anderen Seite des Tores blieb Mats abrupt stehen, sodass Lucy gegen ihn prallte. Allerdings lag das weniger an seiner Erschöpfung als vielmehr an dem Anblick der Stadt, die sich mit ihren krummen Gässchen und den schiefen Häuschen wie ein Labyrinth unter ihm ausbreitete.

»Beeindruckend, was?« Tic lachte.

Mats wusste gar nicht, wohin er zuerst gucken sollte. Auf den Straßen des Schattenschlunds wimmelte es nur so von Schattengängern. Viele waren ihm aus Geschichten und Filmen vertraut: Zwerge, Zentauren, langbärtige Zauberer, Minotauren, Golems, Trolle, Echsenmenschen, stolz einherschreitende Einhörner … Sie alle wirkten friedlich und grüßten einander, indem sie ihre Spitzhüte lüfteten oder sich an ihre Hörner tippten. Allerdings tauchten hier und dort auch Kreaturen aus der Menge auf, für die Mats keinen Namen hatte und die ihm einen Schauer über den Rücken jagten. Eine hatte es ihm besonders angetan. Lumpen bedeckten ihren hageren, missgestalteten Körper mit den viel zu langen Armen. Doch vor allem ihr Kopf war schaurig anzusehen. Er hatte Ähnlichkeit mit dem einer Ziege, nur, dass er felllos war und es bloß ein einziges Auge mitten auf der Stirn gab.

Plötzlich wandte die Kreatur sich Mats zu, als hätte sie seinen Blick gespürt.

»Schau weg«, zischte Tic in sein Ohr.

Mats gehorchte unwillkürlich.

»Das war ein irischer Fomori. Es gibt kaum etwas Hässlicheres im Schattenschlund. Vor allem aber hüte dich vor seinem Blick, wenn er es drauf anlegt, kann er damit töten.«

Tic flog voraus und wies ihnen den Weg durch die verwinkelten Gässchen, die die ganze Gegend durchzogen. Feenlampen leuchteten ihnen den Weg und weit über ihnen an der Höhlendecke glomm ein magischer Sternenhimmel, eine exakte Kopie des echten. Wohin Mats auch schaute, gab es immer wieder etwas Neues zu entdecken. Natürlich war da auch Vertrautes. Manche Dinge waren eben überall gleich. Wie der Lärmpegel, die unzähligen Essensgerüche, die Taxis – Kutschen, die von haarigen Riesenspinnen gezogen wurden – oder der Gestank von verstopften Abwasserkanälen, der selbst den ihrer Mäntel übertraf und Mats angeekelt die Nase verziehen ließ.

»Wo müssen wir überhaupt hin?«, fragte Mats, der sich trotz ihrer Verkleidung nicht ganz wohl in seiner Haut fühlte. Je tiefer sie in den Schattenschlund eindrangen, desto schwerer würde es im Notfall werden, zurück zum Ausgang zu finden. Was ihre Überlebenschance vermutlich auch nicht erhöhte, wenn die Furien noch immer da waren.

Tic flatterte zu ihm zurück. »Das *Loch* liegt in einem anderen Viertel der Stadt«, sagte er mit gesenkter Stimme. »Um dort hinzukommen, müssen wir dieses der Länge nach durchqueren.«

Mats fiel die Kinnlade herunter. »Das hier ist nur ein einziges Viertel?«

»Was hast du denn gedacht? Dass wir in einem Dorf leben? Der Schattenschlund ist so groß wie euer Berlin! Jetzt beeilt euch schon. Wir haben nicht die ganze Nacht Zeit.«

Ja, das war ihr Problem: Zeit.

Allmählich kamen Mats Zweifel, dass es überhaupt möglich war, den Anführer der Nightscreamer aufzuhalten. Vermutlich wäre dafür ein Wunder nötig. Oder eine verdammte Menge Glück. Für den Bruchteil einer Sekunde fragte Mats sich sogar, ob sie eigentlich das Recht dazu hatten. Ein ganz kleines bisschen konnte er Vlads Hass auf sie verstehen. All diese Wesen, die hier unten lebten, fern von der Sonne und der Oberfläche, taten das nur, weil sie einst von den Menschen vertrieben wurden. Dabei hatten sie, wie jeder andere auch, das Recht zu leben, wo immer sie wollten.

»Sind das etwa Hochhäuser?«, brach Lucy in seine Gedanken, als sie an einer breiten Treppe vorüberkamen, die in eine andere, tiefer gelegene Höhle führte.

Mats drehte den Kopf. Es waren tatsächlich Hochhäuser. Allerdings keine gewöhnlichen, sondern gläserne Wolkenkratzer, die im Licht der Sterne strahlten, als wären sie in schimmerndes Eis gehüllt, während zwischen ihnen smaragdgrüne Zeppeline mit der Anmut von Drachen dahinglitten. Wer mochte dort unten wohl leben?

»Aus dem Weg!«

Mats wurde zu Boden geworfen, als sich ein etwa drei Meter großer Troll an ihm vorbeidrängte, der fast genauso bestialisch stank wie ihre Umhänge.

»Idiot«, murmelte Mats und rieb sich die Hüfte, bevor er Lucys Hand ergriff. »Danke.«

»Tic hat nichts mitbekommen und ist weitergeflogen.« Lucy deutete an einer Gruppe blasshäutiger Frauen in weißen Gewändern vorbei, die Mats' Blick wie magisch anzogen. Etwas Unheilvolles ging von ihnen aus, während sie aus eingesunkenen, käferschwarzen Augen zu ihm rüberstarrten. Schaudernd riss Mats sich von ihnen los und sah Tic, der am Rande eines Abgrunds schwebte, über den sich eine gefährlich schmale Brücke spannte. Mussten sie da etwa drüber?

Der Feary winkte sie zu sich.

Eigentlich hatte Mats keine Probleme mit Höhen. Vorausgesetzt, es gab ein Geländer, über das diese Brücke selbstverständlich nicht verfügte. Bevor Mats jedoch dazu kam, sich auszumalen, wie er mitten über dem Abgrund das Gleichgewicht verlor, trat ihnen eine der bleichen Frauen in den Weg.

Sofort kroch ein unangenehmer Geruch von Moder und Fäulnis in Mats' Nase.

»Hört unsere Warnung«, krächzte sie. »Der Tod ist euch dicht auf den Fersen!« Wie auf ein geheimes Stichwort hin brachen die weißen Frauen in bösartiges Gelächter aus.

»Ignoriere sie«, raunte Mats Lucy zu, weil er nicht wollte, dass sie sich fürchtete. Bestimmt waren diese Frauen nur irgendwelche Verrückte, die sich einen Spaß daraus machten, andere zu ängstigen.

»Was wollte die Todesfee von euch?«, fragte Tic, als sie kurz darauf zu ihm stießen.

Todesfee, dachte Mats. Heißt das etwa …

»Was immer sie gesagt hat, vergesst es auf der Stelle«, fuhr Tic fort. »Todesfeen sind übles Weibsvolk, das mit großer Freude Schreckensnachrichten verbreitet.«

Lucy seufzte erleichtert. »Dann sind es bloß Lügen, ja?«

»Nicht immer«, gestand Tic. »Na ja, eigentlich nie.«

Das wird ja immer besser, dachte Mats abwesend. Sein Blick wurde inzwischen magisch von der Brücke angezogen. Wie ein Bogen wölbte sie sich über den Abgrund, um auf der anderen Seite in einem Tunnel zu verschwinden. Aus diesem ergoss sich ein geisterhaft weißer Nebel, der wie ein Wasserfall rechts und links an der Brücke vorbei in den Abgrund stürzte. Begleitet wurde er von grässlichen Klageschreien. In

Mats' Kopf beschworen sie Bilder von lange zurückliegenden Schlachten herauf, doch haftete ihnen nichts Glorreiches oder gar Heldenhaftes an. Im Gegenteil. Diese Stimmen erzählten ihm von Schmerz, Grausamkeit und ungezügeltem Blutdurst.

Mats schluckte schwer. »Gibt es keinen anderen Weg, Tic?«

»Wären wir dann hier?«

Zum Schwarzen Skarabäus

Mats watete durch kniehohen Nebel. Er war feucht und haftete wie Spinnweben an seiner Kleidung, so, als wolle er ihn am Vorankommen hindern. Lucy, die neben ihm ging, hielt sich an seinem Arm fest, weil sie schon ein paarmal gestolpert war. Der Einzige, der nicht unter dem Nebel litt, war Tic, der einfach über ihn hinwegflatterte.

Feenlampen glommen über ihnen an der Tunneldecke. Doch ihr Licht war so schwach, als wären sie kurz vor dem Erlöschen. Mats deutete das als schlechtes Omen. Ohnehin war ihm dieser Tunnel nicht geheuer, weil es hier so still war. Die klagenden Stimmen, die er vor dem Eingang vernommen hatte, waren hier drinnen nicht zu hören. Irgendwie machte das den Nebel nur noch bedrohlicher, weil er ihm nun wie ein lauerndes Tier vorkam, das nur auf den richtigen Augenblick wartete, um zuzuschlagen.

»Bleibt immer dicht zusammen«, mahnte Tic, flatterte ein Stück voraus und kehrte wieder zu ihnen zurück. »Wie kommt es eigentlich, dass ihr so groß seid und trotzdem nur so langsam vorankommt?«

Mats warf ihm einen ärgerlichen Blick zu. »Was ist es dieses Mal, das du uns nicht gesagt hast?« Er hatte unwillkürlich geflüstert.

»Es ist nur zu eurem Besten«, entgegnete Tic. »Wie immer.« Er flog zur nächsten Biegung vor und winkte ihnen dann ungeduldig zu. »Macht schon, ihr Schnecken!«

»Ich möchte mal wissen, was mit ihm los ist.« Lucy schüttelte den Kopf.

Mats sah zurück. Niemand folgte ihnen. Auch vor ihnen war keine Seele. Und plötzlich wusste er, was ihn schon die ganze Zeit über an diesem Tunnel störte. »Warum sind wir hier die Einzigen, Tic? Wo sind die anderen Schattengänger?«

Der Feary verdrehte die Augen. »Wenn ihr es unbedingt wissen wollt: Dieser Teil des Schattenschlunds ist nicht besonders beliebt. Hier treiben sich manchmal ein paar finstere Götter herum.«

»Götter?« Mats wäre fast über seine eigenen Füße gestolpert.

Tic winkte ab. »Ein Name, den ihr Menschen ihnen gegeben habt. In Wirklichkeit sind auch sie nur Schattengänger.

Allerdings sehr mächtige, die dummerweise einen Hang zu schlechter Laune haben.« Der Feary verstummte und neigte dann den Kopf zur Seite, als lausche er. Gleich darauf zuckte er die Schultern. »Es gibt nur wenige echte Götter und die leben sehr zurückgezogen.«

»Diese, äh, falschen Götter«, sagte Lucy, »sehen sie manchmal aus wie ein weißer Rabe?«

Tic verharrte einige Flügelschläge lang auf der Stelle, bevor er langsam zu Lucy herumschwenkte. »Morrigan, die Göttin der Schlachtfelder und gefallenen Krieger, hat einen weißen Raben als Späher. Wo er ist, ist auch sie nicht fern.« Er zögerte. »Siehst du zufällig einen weißen Raben?«

Lucy nickte.

»LAUFT!«, schrie Tic zum zweiten Mal in dieser Nacht und schoss davon.

Mats schlang erneut seine Finger um Lucys Hand und zog sie mit sich, den Blick starr auf den vorausfliegenden Feenmann gerichtet. Ein Krächzen erscholl hinter ihnen. Der Ruf des Raben nach seiner Herrin! Kurz darauf echote auch schon das Hufgeklapper eines Schlachtrosses durch den Tunnel.

»Zeit, Zeit – gebt mir eure Lebenszeit«, heulte Morrigans grausige Stimme hinter ihnen aus dem Nebel, wobei sich jedes Wort wie Raureif über Mats' Haut legte, um ihm mit seiner Kälte alle Hoffnung und Zuversicht zu rauben. Allein die

Sorge um Lucy hinderte ihn daran, einfach aufzugeben und stehen zu bleiben. Sein Herz raste. Seine Lungen brannten. So schnell war Mats noch nie im Leben gelaufen. Allerdings wurde er auch noch nie zuvor von einer mordgierigen Göttin verfolgt.

»Niemand entkommt meinem Schlachtfeld!«, rief Morrigan unter wildem Gelächter.

Doch plötzlich öffnete sich der Tunnel zu einer düsteren, von roten Feuern erhellten Höhle.

»Weiter«, drängte Mats, während er und Lucy einen holprigen Pfad entlangstolperten, der zwischen scharfkantigen Felsen verlief.

Auf einmal tauchte Tic direkt vor seiner Nase auf. »Ihr könnt jetzt stehen bleiben. Morrigan wird es nicht wagen, uns hierherzufolgen.«

Mats warf einen Blick zurück. Im Schatten des Tunnels saß eine hochgewachsene Gestalt auf dem Rücken eines mächtigen Schlachtrosses mit rot glühenden Augen. Ihr bloßer Anblick brachte sein Herz erneut zum Rasen.

»Bist du dir sicher?«

»Der Nebel der Schlachtfelder würde hier draußen zerfließen. Und die Göttin braucht ihn zum Überleben wie eine Nymphe das Wasser.«

»Gut.« Mats lehnte sich an einen Felsen, um zu verschnaufen. Zugleich machte er sich ein Bild von ihrer Umgebung. Diese Höhle war anders als die letzte. Hier gab es keine mittelalterliche Stadt. Nur riesige, brennende Scheiterhaufen, deren rötlicher Schein auf bizarre Felsformationen fiel, die diesem Ort ein fremdartiges und bedrohliches Aussehen verliehen.

»Der Vorhof zur Hölle«, sagte Lucy, die ganz ähnliche Gedanken zu haben schien.

Erneut flog der Feary voraus. Weder Mats noch Lucy gefiel dieser Ort. Auch hier herrschte eine unnatürliche Stille, die nur vom Knistern und Knacken der Scheiterhaufen unterbrochen wurde, an denen ihr Weg sie vorüberführte.

»Sind wir hier richtig?«, fragte Mats. Bisher waren sie auf kein einziges Lebenszeichen gestoßen.

»Das sind wir.« Tic deutete auf eine nahe Anhöhe. »Dort müsst ihr hinauf.«

Mats blickte nach vorne, wo sich ein Hügel erhob. Sobald sie ihn erklommen hatten, blieben er und Lucy wie angewurzelt stehen. Vor ihnen lag das *Loch* – und der Name hätte nicht treffender sein können. Mats starrte in einen Krater, der wie die Einschlagstelle eines Meteoriten aussah. Rostige Trittleitern führten hinab auf den hundert Meter tiefen Grund, auf dem weitere Scheiterhaufen zwischen heruntergekommenen Bauwerken brannten. Vereinzelte Riesenfledermäuse zogen ihre Kreise wie prähistorische Flugechsen über dem Viertel. Zwischen ihnen jagten fliegende Teppiche umher, auf denen schwarze Dschinns mit leuchtend gelben Augen ritten.

»Das sieht wie eine von diesen Gegenden aus, vor denen Paps mich immer warnt«, sagte Lucy mit rauer Stimme und beugte sich noch ein Stück weiter über den Rand des Kraters. »Warum gibt es hier keine Feenlampen?«

»Na ja, die Hälfte der Leute dort unten wird von der Bruderschaft des Blinzlers gesucht. Darum bevorzugen sie das Zwielicht.«

»Und die andere Hälfte?«, fragte Mats, obwohl er die Antwort nicht wirklich wissen wollte.

»Ein paar von ihnen verabscheuen zu viel Licht, weil es ihnen Schmerzen bereitet. Andere sind schlicht zu arm, um sich Feenlampen zu leisten.« Tic zuckte die Achseln. »Das hier ist nicht das Paradies, Baby. Auch bei uns hat alles seinen Preis.«

Mats kletterte als Erster auf die Trittleiter, gefolgt von Lucy. Der Abstieg war anstrengend, denn schon bald schmerzten ihm die Finger von dem Rost, der sich in seine Haut bohrte, und weil er viel zu fest zupackte, aus Angst abzurutschen und in die Tiefe zu stürzen. Nach einer gefühlten Ewigkeit erreichten sie endlich den Boden des Kraters.

Lucy gab ein erleichtertes Lachen von sich, als sie den letzten Meter sprang und neben Mats landete.

»Pst!« Tic schaute sich unbehaglich um. »Erdgnome lachen nicht. Dafür sind sie viel zu mies drauf. Und jetzt weiter!«

»Wie gehen wir vor?«, erkundigte sich Mats, während er den Blick über die Schatten und düsteren Gassen wandern ließ, die sie umgaben.

»Gerüchteweise rekrutieren die Nightscreamer neue Anhänger im Schwarzen Skarabäus.« Der Feary hielt sich dicht neben Mats. Die Gegend schien auch ihm nicht geheuer. »Ein zwielichtiger Gasthof, der offiziell schon vor Jahren geschlossen wurde. Aber das *Loch* folgt nun mal seinen eigenen Gesetzen.«

Die meisten Gebäude, an denen sie vorüberkamen, wirkten verlassen, trotzdem hatte Mats den Eindruck, das hinter jedem der dunklen Fenster boshafte Augen lauerten, die jedem ihrer Schritte folgten. Was ihn jedoch immer wieder nervös den Kopf heben ließ, waren die Schatten der Riesenfledermäuse, die über sie hinwegglitten. Was taten sie überhaupt hier? Suchten sie nach Beute?

»Ich mag diesen Ort nicht.« Lucy drängte sich dichter an Mats. »Es ist wie in einer Geisterstadt. Nein, eher wie in einem Albtraum.« Sie deutete auf ein Haus, das ein wenig abseits der anderen auf einem Hügel stand. Alles daran wirkte grotesk, angefangen bei den winzigen, vergitterten Fenstern, über die viel zu großen, fabrikartigen Schornsteine bis hin zu der giftgrünen Neonschrift über der Haustür: *Willkommen im Irrenhaus des Dr. Qual, wo der Wahnsinn dich nie verlässt!*

»Einfach nicht drüber nachdenken, am besten nicht einmal so genau hinschauen«, riet ihr der Feary mit gesenkter Stimme. »Hier unten gibt es Dinge, die willst du nicht wissen, die will niemand wissen.«

Der Schwarze Skarabäus war nicht einmal ansatzweise, was Mats erwartet hatte. In seiner Vorstellung hatte er sich eine schäbige Kneipe ausgemalt, aus deren geöffneten Fenstern grölende Stimmen und schiefer Gesang dröhnte. Stattdessen türmte sich eine schwarze Stufenpyramide vor ihnen auf, ähnlich denen, die die Mayas vor Jahrhunderten erbaut hatten. Dämonische Fratzen starrten von der mit Ranken und Schlinggewächsen überzogenen Fassade auf sie herab und schienen mit ihren steinernen Glubschaugen jede Bewegung der drei Freunde genau zu beobachten. Mats zog den Kopf ein wenig tiefer zwischen die Schultern, als eines der Steingesichter ihm hämisch zuzwinkerte, kurz bevor sie den Gasthof betraten.

Shit, dachte er, sobald sie drinnen waren. Und noch mal: Shit!

Dreißig Paar Augen waren auf sie gerichtet. Die meisten davon saßen schon nicht mehr an den Stellen, wo sie eigentlich hingehörten.

»Was glotzt ihr so?«, blaffte Tic.

Mats stöhnte innerlich auf, während sein Magen auf Erbsengröße zusammenschrumpelte. Wir sind Hackfleisch, dachte er und wartete nur darauf, dass die untoten Gäste des Schwarzen Skarabäus aufsprangen, um sie wegen Tics großer Klappe in der Luft zu zerreißen.

Angriff der Nightscreamer

Mats blinzelte ungläubig, als die Gäste des Schwarzen Skarabäus sich wieder ihren Getränken zuwandten, als wäre nichts gewesen. Dann ging ihm ein Licht auf. Klar, Weicheier hatten an einem Ort wie diesem nichts zu suchen, wo nur harte und echt gefährliche Schattengänger eine dicke Lippe riskierten. Tic hatte nur getan, was man von ihm erwartete.

»He, was darf's denn sein?«, rief ihnen der Wirt zu.

Unter seiner Kapuze riss Mats die Augen auf. Der Wirt war eine grünhäutige Riesenschlange mit gefiederten Flügeln, unter denen grotesk kleine Ärmchen herausschauten, die jedoch flink die Bestellungen der Gäste abarbeiteten.

»Was ist jetzt?«, zischelte er ungeduldig.

»Später«, raunzte Tic und ließ sich dann zu Mats und Lucy herabsinken. »Wir probieren es zuerst bei dem Vampir dort drüben. Vlad hat eine Vorliebe für Blutsauger.«

Mats starrte zu dem Vampir, der alleine an einem Tisch saß. Seine Augen waren ins Leere gerichtet, die bleichen Lippen leicht gebleckt, sodass man die spitzen Eckzähne sah. Mats konnte bei ihrem Anblick beinahe fühlen, wie sie sich in seinen Hals bohrten. Dagegen wirkte das Gesicht des Blutsaugers fast menschlich, wäre da nicht dieses Gespinst aus dunklen Adern gewesen, das dicht unter seiner Hautoberfläche verlief. Er schien in Gedanken versunken, so, wie er mit seiner Rechten den Kelch schwenkte, in dem sich eine zähe, blutrote Flüssigkeit befand.

»Wie gehen wir vor?«, fragte Lucy.

»*Wir* überhaupt nicht. *Ich* rede.« Tics Augen funkelten warnend. »Es gibt verschiedene Arten von Vampiren: wilde Bestien ohne jeden Funken von Intelligenz, zivilisierte Charmeure, die dich erst um den kleinen Finger wickeln, bevor sie dich aussaugen, oder die Jäger, die sich nicht nur von deinem Blut, sondern auch deiner Furcht nähren. Dieser hier gehört zu einer vierten Kategorie, der gefährlichsten von allen.« Der Feary nickte in Richtung des Blutsaugers. »Er lebt von der schwarzen Magie, die durch seine Adern fließt. Vermutlich war er Alchemist oder Magier, bevor er verwandelt wurde. Diese Sorte ist am unberechenbarsten von allen.«

»Aber irgendwas müssen wir doch tun können«, wandte Mats ein, der sich nicht völlig nutzlos fühlen wollte.

»Schweigen reicht völlig.« Tic seufzte. »Der Gestank eurer Mäntel mag ihn täuschen, doch anhand eurer Stimme würde er sofort erkennen, was ihr wirklich seid. Verstanden?«

Mats nickte, bevor er und Lucy dem Feary zum Tisch des Vampirs folgten. »Wir haben gehört, die Nightscreamer suchen fähige Leute«, kam Tic ohne Umschweife zum Thema.

Langsam drehte der Vampir ihnen das Gesicht zu, um sie mit kühlem Blick zu mustern.

»Meine Freunde und ich sind nicht zimperlich.« Tic landete vor ihm auf dem Tisch, wo er sich mit vor der Brust verschränkten Armen positionierte. »Wir brauchen Geld und wir übernehmen jeden Job. Jeden!«

Blitzschnell schnappte der Blutsauger mit der Hand nach dem Feary, als wollte er eine lästige Fliege zerquetschen.

Tic schien jedoch damit gerechnet zu haben und wich aus. »Wofür hältst du uns? Blutige Anfänger?«, keifte er. »Noch so eine Nummer und ich lass dich mal an meinem Feenstaub schnuppern, Bleichgesicht!«

Neugier glomm in den Augen des Vampirs auf. »Wie lauten eure Namen?«

»Unsere Namen spielen keine Rolle. Bist du nun ein Nightscreamer oder nicht?«

Der Vampir lächelte und nahm einen Schluck aus seinem Kelch.

»Was ist?« Tic klopfte ungeduldig mit dem Fuß auf den Tisch. »Sind wir nun im Geschäft? Oder kann das nur Vlad persönlich entscheiden?«

Als hätte der Feary ein ungeschriebenes Gesetz gebrochen, indem er den Namen des Anführers der Nightscreamer nannte, ging eine Veränderung im Verhalten des Blutsaugers vor sich. Seine Miene wurde abweisend, fast schon feindselig. »Keine Ahnung, von wem du sprichst.« Damit stand er vom Tisch auf und verließ den Schwarzen Skarabäus.

Mats blickte ihm nach. Was hatten sie falsch gemacht?

»Mist!« Tic stieß den Kelch des Vampirs um, sodass sich dessen Inhalt über den Tisch ergoss.

Lucy zuckte zusammen. »Igitt«, hörte Mats sie unter ihrer Kapuze murmeln.

»Sollen wir es noch bei einem anderen versuchen?«, fragte Mats. »Wie ist es mit dem Tunnelkriecher dort drüben?« Er nickte in eine düstere Ecke der Kneipe, wo eine in Lumpen gehüllte Gestalt tief über eine Schüssel gebeugt saß und widerliche Schmatzlaute von sich gab. Plötzlich wandte Mats den Kopf zur Seite. Am Nachbartisch erhob sich eine vermummte Gestalt und setzte sich zu ihnen. »Ihr wollt also bei den Nightscreamern anheuern, ja?«

Mats erkannte die Stimme eines Mannes. Allerdings klang sie rau, fast schon wie ein Bellen und irgendwie lauernd. Ein ungutes Gefühl beschlich ihn. Er wollte Tic einen warnenden Blick zuwerfen, aber der ging ganz in seine Rolle als Möchtegernkrimineller auf.

»Kann schon sein.« Der Feary stemmte die Hände in die Seiten. »Aber wer will das wissen?«

Der Vermummte zog die Kapuze vom Kopf.

Mats biss sich auf die Zunge, um seine Überraschung zu verbergen. Es war ein Werwolf mit schneeweißem Pelz und bernsteinfarbenen Augen. Die Schnauze war nicht ganz so ausgeprägt wie bei einem richtigen Wolf, was man von seinen Reißzähnen nicht behaupten konnte. Sie waren eindeutig länger als die des Vampirs und leicht nach hinten gebogen. Mats war sicher, dass keine Beute entkam, in die sich diese Hauer einmal verbissen hatten.

»Was ist, hat es dir die Sprache verschlagen, kleiner Mann?«, knurrte der Werwolf.

»Das nicht, aber ich mag deine Sorte nicht. Bei Regen stinkt ihr wie ein verlauster Bettvorleger.«

Lucy versteifte sich neben Mats, der den Feary am liebsten gewürgt hätte. Warum musste Tic sich immer gleich mit jedem anlegen? Doch zu seiner Erleichterung brach der Werwolf in Gelächter aus. »Du hast Mut, kleiner Mann. Das gefällt mir. Deine Zunge solltest du trotzdem im Zaum halten. Noch so eine Beleidigung und ich häute euch drei bei lebendigem

Leib.« Seine Lefzen verzogen sich zu einem Grinsen. »Was ist jetzt? Seid ihr immer noch daran interessiert, bei uns einzusteigen?«

»Klar.«

Der weiße Werwolf erhob sich. »Ich mag keine ungebetenen Zuhörer. Gehen wir nach draußen und besprechen dort alles.«

Mats gefiel diese Wendung überhaupt nicht. Der Schwarze Skarabäus mochte nicht gerade der sicherste Ort auf der Welt sein, aber die Vorstellung, dem Werwolf in eine schummrige Seitenstraße zu folgen, erschien ihm noch weniger verlockend. Doch Tic ignorierte sein Räuspern und flatterte dem Werwolf hinterher, sodass auch Mats und Lucy gezwungen waren, ihnen zu folgen.

Die vier verließen den Gasthof durch den Hinterausgang und traten auf einen von Mauern und Säulen umschlossenen Innenhof hinaus, dessen einzige Lichtquelle eine große Feuerschale aus geschwärztem Metall war. Mats musste sofort daran denken, dass ein Ort wie dieser der perfekte Hinterhalt war. Hoffentlich wusste Tic wirklich, was er tat.

»Dies ist ein guter Platz zum Reden.«

Ein unterschwelliges Grollen in der Stimme des Werwolfs ließ bei Mats alle Alarmglocken schrillen. Er hatte es geahnt. Fluchend schob er sich vor Lucy, als sich aus den Schatten der

Säulen acht vermummte Gestalten lösten, die sich mit der Anmut und Schnelligkeit von Raubtieren bewegten, sodass die drei innerhalb von Sekunden umzingelt waren.

Hinterhalt

Die Nightscreamer trugen lange braune Kutten, die an der Hüfte von einem Waffengürtel zusammengehalten wurden, an dem ein Schwert und mehrere Dolche befestigt waren. Mats erinnerten die Gestalten ein wenig an Jedi-Ritter, aber das Knurren, das unter ihren Kapuzen hervordrang, machte mehr als deutlich, dass es sich auch bei ihnen um Werwölfe handelte.

»Die werden euch bei lebendigem Leib auffressen.« Selbst im schwachen Schein der Feuerschale war zu erkennen, dass Tics Gesicht alle Farbe verloren hatte. »Nightscreamer sind der Abschaum vom Abschaum.«

»Stinkende Erdgnome.« Der weiße Werwolf wies auf Mats und Lucy. »Zeigt uns eure Gesichter!«

»Tut das nicht«, zischte Tic. »Menschen sind hier unten noch weniger …«

»Eure Gesichter, macht schon!« Der Werwolf fuhr drohend seine Krallen aus.

Mats presste die Lippen zusammen und fasste einen Entschluss. »Tun wir, was er sagt. Es ist besser so.«

Mehrere Werwölfe heulten überrascht auf, als die beiden ihre Kapuzen zurückschlugen.

»Menschenkinder!« Ein glühender Blick traf den Feary. »Du hast sie illegal in den Schattenschlund geschmuggelt. Allein dafür wirst du die nächsten Jahre im Gefängnis schmoren.«

»Mo-Mo-Moment mal!«, meinte Tic. »Gefängnis? Heißt das etwa …«

Ein rot glühendes Auge schwebte hinter einer Säule hervor und verharrte mit hektisch schlagenden Fledermausflügeln über dem Kopf des weißen Werwolfs.

»He, ihr seid ja gar keine Nightscreamer, sondern gehört zur Bruderschaft des Blinzlers!« Der Feary schluckte. »Auweia, das ist jetzt aber ganz schön bitter.«

»Wer sich den Nightscreamern anschließen will, verdient Strafe«, grollte der Werwolf.

Lucy trat hinter Mats hervor und räusperte sich. »Ich, äh, glaube, hier liegt ein Missverständnis vor. Sehen Sie, wir suchen Vlad, weil er …«

»Schweig, Menschenmädchen! Jede weitere Lüge wird eure Situation nur noch verschlimmern.«

Lucys Stirn umwölkte sich. »Haben Sie mich gerade eine Lügnerin genannt?«

Der weiße Werwolf schien einen Moment lang verblüfft über die Unverfrorenheit, mit der sie sich über seinen Befehl hinwegsetzte, sodass Mats trotz der Ernsthaftigkeit ihrer Situation grinsen musste. Niemand verbot Lucy den Mund. Einen Augenblick später hatte der Werwolf sich wieder im Griff und zog knurrend die Lefzen zurück. Doch was immer er sagen oder tun wollte, er kam nicht mehr dazu, denn ein großer, rechteckiger Schatten, der plötzlich über ihnen auftauchte, zog seine Aufmerksamkeit auf sich. Der Werwolf hob den Kopf. Mats tat es ihm gleich. In diesem Moment jagten weitere Schatten heran.

»Zu den Waffen, Brüdern!« Der weiße Werwolf zog sein Schwert.

Mats sträubten sich die Nackenhaare. Was hatte das schon wieder zu bedeuten? Aus dem Augenwinkel sah er, wie der Blinzler sich anschickte, wieder hinter der Säule zu verschwinden. Aber bevor er sie erreichen konnte, traf ihn ein gelber Blitz, sodass er als qualmendes Etwas auf dem Hof aufschlug.

Lucy würgte.

»Schau nicht hin!«

Mats drängte Lucy Richtung Stufenpyramide, um zurück

ins Innere zu flüchten. Doch schon gingen weitere Blitze auf sie nieder. Einer schlug direkt vor ihnen ein und schleuderte Mats und Lucy zu Boden. Die anderen Blitze wurden von den Schwertern der Werwölfe angezogen, sodass sich das neunköpfige Rudel im Nu jaulend auf dem Boden wälzte.

»Steht auf!«, schrie Tic Mats und Lucy an. »Wir müssen verschwinden!«

Doch es war bereits zu spät!

Mehrere der rechteckigen Schatten senkten sich dem Innenhof entgegen. Jetzt erkannte Mats, was es war: fliegende Teppiche, auf denen schwarze Dschinns ritten. Die Blitze, die die Werwölfe außer Gefecht gesetzt hatten, mussten von ihnen stammen. Viel übler war jedoch, dass sie den dreien den Rückweg in den Schwarzen Skarabäus abgeschnitten hatten.

»Seid ihr die, die sich nach unserem Meister erkundigt haben?«, fragte ein Dschinn, der im Gegensatz zu den anderen einen purpurroten Turban trug.

Der Vampir, dachte Mats wütend. Er muss es ihnen gesteckt haben!

»Haut ab«, beschimpfte Tic die Flaschengeister. »Wir haben auch so schon genug Ärger!«

Der Dschinn lächelte. »Ich wette, ihr seid die Gleichen, die auch im Buchladen rumgeschnüffelt haben, nicht wahr?«

»Buchladen? Welcher Buchladen?« Mats setzte ein dümmliches Gesicht auf.

»Gebt euch keine Mühe. Wir wissen Bescheid und Lady Violetta erwartet euch bereits.« Der Dschinn deutete auf Mats, Lucy und Tic. Drei Lichtblitze lösten sich aus seinen schwarzen Fingern. Mats keuchte vor Schreck. Aber anstatt sie zu verbrennen, spannen die magischen Blitze sie innerhalb von Sekunden in leuchtende Kokons. Nur ihre Gesichter blieben frei.

Mats schlug der Länge nach hin. Lucy ging direkt neben ihm nieder und Tic plumpste auf ihren Rücken.

»So gefällt mir das!« Der Dschinn sank zu ihnen herab, packte einen nach dem anderen und warf sie hinter sich auf den Teppich. Danach trieb er diesen der rauchverhangenen Höhlendecke entgegen, wobei er das Geschimpfe und Geschrei der drei belachte.

»Luft anhalten«, stieß Tic hervor, kurz bevor sie in die schwarzen Wolken eintauchten.

Mats schloss auch die Augen. Warum muss so etwas immer uns passieren?, fragte er sich. Als er die Lider wenige Sekunden später wieder öffnete, hatten sie die Rauchschwaden hinter sich gelassen und flogen auf eine dunkle Öffnung in der Höhlendecke zu.

»Ein illegaler Ausgang aus dem Schattenschlund«,

schimpfte Tic, der durch die Fliehkraft an Mats' Wange gepresst wurde. »Wir müssen nicht einmal einen Torwächter passieren!«

Der schwarze Dschinn, der sie belauscht haben musste, lachte abermals auf, bevor er sich mit ihnen in die lichtlose Finsternis des Tunnels stürzte. Kalter Schweiß drang Mats aus allen Poren, während sie die Schwärze mit halsbrecherischem Tempo durchflogen. Er rechnete damit, jeden Moment in ein unsichtbares Hindernis zu krachen. Doch der Dschinn schien den Verlauf des Tunnels genau zu kennen.

Die meiste Zeit über ging es aufwärts, weswegen Mats vermutete, dass sie auf dem Rückweg zur Oberfläche waren. Bald darauf schossen sie auch schon aus einem stillgelegten Abflussrohr und dem Sternenhimmel über Berlin entgegen.

Mats sah zu Lucy rüber, die den ganzen Flug über keinen Laut von sich gegeben hatte. Ihre Lider waren fest zusammengekniffen und im Licht der Sterne wirkte sie noch bleicher als die Todesfeen. Gerade wollte er ihr sagen, dass es vorbei war und sie die Augen wieder öffnen könne, als der Teppich in eine scharfe Rechtskurve ging. *Wusch.* Mats drehte den Kopf ein Stück und erkannte unter ihnen eine einsame Landstraße, die in das Scheinwerferlicht einer Limousine getaucht war. Das musste diese Lady Violetta sein, von der der Dschinn gesprochen hatte.

Die Königin der Nacht

Eine Frau stieg aus der Limousine. Und was für eine! Dass Mats nicht der Mund offen stehen blieb, war auch schon alles. Sie war hochgewachsen und gertenschlank, ihre Haut bleich wie Mondlicht, das Gesicht von engelsgleicher Schönheit. Nur ihre eisblauen Augen verrieten die Düsternis ihrer Seele. Die Königin der Nacht, schoss es Mats durch den Kopf, während das violette Abendkleid, das bis hinab zum Boden reichte, bei jeder ihrer Bewegungen leise wisperte.

Nun lächelte sie und schneeweiße Eckzähne blitzten in ihren Mundwinkeln auf. »Wen haben wir denn hier?«

»Lady Violetta.« Der Dschinn verneigte sich tief auf seinem Teppich. »Unser Informant aus dem Schwarzen Skarabäus hatte recht. Es sind die, nach denen Ihr sucht.«

»Sehr schön.« Die Vampirin wedelte auffordernd mit der Hand, woraufhin der Dschinn hinter sich griff und ihr die drei vor die Füße warf. Der Aufprall war heftig. Mats schlug mit dem Hinterkopf auf den Asphalt und sah ihm ersten Moment nichts als Sterne. Nur langsam klärte sein Blick sich wieder.

»Du kannst sie jetzt freigeben«, sagte Lady Violetta.

Der Dschinn schnippte mit den Fingern und die Fesseln lösten sich. Mats griff sich an den Kopf, der immer noch pochte, und setzte sich vorsichtig auf. Gebrochen war schon mal nichts. Auch Lucy und Tic schienen in Ordnung, abgesehen von ein paar blauen Flecken. Probehalber klappte der Feary die zarten Schmetterlingsflügel mehrmals auf und zu und flatterte dann auf Augenhöhe mit Lady Violetta.

»Das war nicht sehr nett von Euch«, zischte er und warf mit einer schwungvollen Kopfbewegung sein kupferfarbenes Haar zurück. »Seht Euch nur meinen Anzug an: überall Flecken, ts, ts, ts.«

Mats erhob sich stöhnend. »Du … du kennst sie?«

»Wer kennt nicht die bemerkenswerte, wunderschöne und grausame Lady Violetta«, entgegnete Tic mit einer leichten Verbeugung in Richtung der Vampirin. »Vlads rechte Hand und Geliebte, wie manche behaupten.«

»Jetzt gehst du aber zu weit, Feenmann.« Lady Violettas Worte wurden von einem sanften Lächeln begleitet, das Mats über den drohenden Unterton in ihrer Stimme nicht hinwegtäuschen konnte.

»Ihr wisst doch, wie wir Feen sind, Mylady. Wir können unsere große Klappe einfach nicht halten. Selbst wenn wir uns dadurch um Kopf und Kragen reden.« Tic klimperte mit seinen langen Wimpern. »Erwähnte ich bereits Eure atemberaubende Schönheit?«

Mats schüttelte kaum merklich den Kopf. Was war in Tic gefahren? So unterwürfig hatte er ihn noch nie erlebt. Er sah zu Lucy rüber, die seinen Blick mit ernsten, sorgenvollen Augen erwiderte. Wieder einmal schien sie das Gleiche wie er zu denken. Das Verhalten des Feenmannes konnte nur eines bedeuten: Diesmal stand es noch schlechter um sie, wobei Mats sich fragte, ob das überhaupt möglich war. Von einer mordgierigen Kriegsgöttin gejagt zu werden, stand auf seiner Skala von lebensbedrohlichen Situationen bereits ziemlich weit oben.

»Sag mir, Feenmann, wie kommt es, dass ein Schattengänger zwei Menschen dient?«, fragte Lady Violetta mit einem liebenswürdigen Lächeln.

Tic blickte kurz zu Mats rüber. »Sie bezahlen mich dafür, Mylady. Sie sind sehr großzügig und Ihr wisst ja, wie schwer wir Feen den Süßigkeiten der Menschen widerstehen können.«

Mats wäre fast die Kinnlade heruntergefallen. Es war eine glatte Lüge. Das Feengesetz band Tic an ihn. Offensichtlich wollte er jedoch nicht, dass die Vampirin dies erfuhr. Hatte er vielleicht einen Plan? Mats schaute sich unauffällig um. Hier draußen gab es nur die Straße und endlose Maisfelder, hinter denen sich die leuchtende Skyline von Berlin erhob. Bis dorthin mussten es etliche Kilometer sein. Wenn sie versuchen würden zu fliehen, hätte der Dschinn sie in null Komma nichts wieder eingefangen. Was hatte der Feary also vor?

»Hm«, machte Lady Violetta zum wiederholten Mal und tippte sich mit dem rot lackierten Nagel ihres Zeigefingers gegen das Kinn. »Ihr seid ein habgieriges kleines Völkchen, das immer auf den eigenen Vorteil aus ist.«

»Ihr kennt uns zu gut, Mylady.« Erneut verneigte Tic sich.

»Dann schlägst du vor, ich soll dich laufen lassen, weil du ja sooo unschuldig bist?«

»Das wäre mehr als großzügig, Mylady«, sagte der Feary lächelnd. »Aber nein, ich möchte Euch ein Geschäft vorschlagen: Ihr lasst mich gehen, dafür berichte ich Euch, was die Menschenkinder über Vlads Pläne herausgefunden haben. Und wenn ihr dann noch ein Säckchen besten Karamellzuckers obendrauf legt, erfahrt Ihr obendrein, wem sie alles davon erzählt haben.«

»Tic, du Verräter!«, zischte Mats und hoffte, dass es genau das war, was der Feenmann von ihm erwartete.

Lady Violetta brach in vergnügtes Gelächter aus.

»Geschickter Schachzug, kleiner Feary! Aber glaubst du ernsthaft, ich würde davor zurückschrecken, den Menschenkindern etwas anzutun, nur weil die Bruderschaft oder andere Menschen wissen, dass sie Vlad hinterherschnüffeln?« Ihre Miene wurde hart. »Niemand kann unseren Meister dafür verantwortlich machen, wenn diese Kinder versehentlich vor ein Auto laufen. Unfälle passieren nun mal, Tic MacFly.« Ihre Lippen verzogen sich zu einem dünnen Lächeln. »Überrascht, dass ich deinen Namen kenne, kleiner Feenmann? Hast du tatsächlich geglaubt, ich wüsste nicht, dass du der Feary bist, der den Tod des alten Konrad beobachtet hat?«

Oh, verdammt, dachte Mats. Das ging gerade gewaltig nach hinten los!

»Mylady, ich kann Euch das erklären!«, quietschte Tic mit schriller Stimme.

Die Vampirin hörte ihm längst nicht mehr zu. Sie gab dem schwarzen Dschinn einen Wink. »Erledige dieses *Problem* für mich.«

»Nein!« Mats streckte die Hand nach dem Feary aus, in dessen winzigem Gesicht die nackte Angst geschrieben stand. Doch schon in der nächsten Sekunde wurde Tic von einem Blitz des Dschinn getroffen, der so grell war, dass Mats geblendet die Augen schloss. Als er sie wieder aufriss, war der

Feary fort. Nicht einmal ein Häufchen Asche war von ihm übrig geblieben. Mats schnürte sich die Kehle zu. Tränen schossen ihm in die Augen. Verzweifelt schüttelte er den Kopf. Nein, nein, das durfte nicht sein.

»Musstest du so übertreiben?«, fauchte die Vampirin den Flaschengeist an.

»Verzeiht, Mylady, ich war wohl etwas übereifrig!«

Mats' Kopf fuhr zu ihr herum. »Sie haben ihn umgebracht, Sie Monster!« Er wollte bereits auf Lady Violetta losgehen, als Lucy seine Hand packte.

»Nicht, Mats! Das bringt ihn auch nicht wieder zurück.«

Er wollte sich schon von ihr losreißen, als er sah, dass in ihren Augen der gleiche Schmerz stand, den auch er fühlte. Beide hatten sie gerade einen guten Freund verloren.

»Hör lieber auf deine kleine Freundin«, sagte Lady Violetta mit honigsüßer Stimme. »Du würdest es nur bereuen.«

Mats starrte sie an, vor Wut am ganzen Körper zitternd. »Widerliches Scheusal!«

Die Ohrfeige kam so überraschend, dass Mats keine Gelegenheit hatte, ihr auszuweichen. Die Wucht ließ ihn zurücktaumeln, während seine Wange brannte, als hätte sie ihm ein glühendes Bügeleisen draufgedrückt.

»Niemand nennt mich ungestraft ein Scheusal!« Lady Violetta funkelte ihn an.

Mats starrte hasserfüllt zurück. Die Hände zu Fäusten geballt.

»Übrigens war das nur ein kleiner Vorgeschmack auf das, was dich erwartet, wenn es Richie wieder besser geht«, fügte die Vampirin hinzu. »Glaube mir, Menschenjunge, du wirst noch bitter bereuen, dass du ihm den Kiefer gebrochen hast.«

Für einen kurzen Moment war Mats verwirrt, dann ging ihm auf, dass sie den Dhampir vor Konrads Buchladen meinen musste. »Er hatte es nicht anders verdient«, fauchte er.

»Er ist mein Sohn.« Lady Violettas Finger schlossen sich um Mats linken Oberarm und schleuderten ihn gegen die Limousine. Mats stöhnte bei dem Aufprall und zwinkerte die Tränen fort, die sich erneut in seinen Augen sammelten. »Einsteigen, Menschenjunge.« Nun wandte Lady Violetta sich Lucy zu. »Du auch.«

»Was … was haben Sie mit uns vor?«

»Wenn es nach mir ginge, wärt ihr längst tot, aber Vlad will euch noch verhören.« Sie bedachte Lucy mit einem erschreckend fröhlichen Lächeln. »Aber aufgeschoben ist nicht aufgehoben.«

Die verlorene Zeit

Mats hockte in einem Sessel. Das Gesicht in den Händen vergraben. Tic war tot. Er konnte es immer noch nicht glauben. Allein bei dem Gedanken daran, fingen seine Augen an zu brennen, während sich in seiner Brust eine Taubheit eingenistet hatte, die ihm das Gefühl gab, nie wieder lachen zu können. Er schüttelte den Kopf. Wieder und wieder. Seit zwanzig oder dreißig Minuten saßen sie jetzt schon in diesem Zimmer fest, das sich in Vlads Villa mitten in Berlin befand. Für Mats war das einfach ungeheuerlich. Der Anführer der Nightscreamer lebte zwischen den Menschen, die er so sehr hasste. In einem modernen Luxusbetonklotz, der die Behaglichkeit eines Eisblocks ausstrahlte. Alles in diesem Raum war aus Glas, Metall oder Leder, und dazu noch perfekt arrangiert, als wäre es eine Kulisse für einen Werbekatalog. Wie kann man nur an so einem sterilen Ort leben?, fragte sich

Mats. Und überhaupt: Warum hatte Vlad sich nicht längst blicken lassen? Dieser verdammte Mistkerl. Nur wegen ihm war Tic überhaupt tot.

Mats konnte sich denken, worüber Vlad mit ihnen reden wollte: das Buch der Schattenflüche. Vielleicht wollte er herausfinden, was sie darüber wussten oder wem sie alles davon erzählt hatten, sodass er diejenigen auch noch aus dem Weg räumen konnte. Mats zog die Nase hoch. Tatsächlich würde er Vlad alles sagen, was der wissen wollte, wenn das Tic nur wieder zurückbringen würde.

Vor seinem geistigen Auge stieg ein Bild des winzigen Feenmannes auf: Tic mit rotem Haar, zitronengelben Schmetterlingsflügeln und mit diesem grässlichen grünen Anzug, auf den er immer so furchtbar stolz gewesen war. Mats musste lächeln und erneut lief ihm eine Träne über die Wange. Er vermisste den kleinen Kerl schon jetzt ganz schrecklich. Plötzlich befiel ihn die Angst, auch noch Lucy zu verlieren. Er drehte sich nach ihr um. Sie stand am Fenster. Mit vor der Brust verschränkten Armen. Blassgesichtig. Unendlich verletzlich.

Als hätte sie seinen Blick gespürt, wandte sie ihm das Gesicht zu. An ihren geröteten Augen erkannte er, dass auch sie geweint hatte. Plötzlich lief sie zu ihm hin und schlang die Arme um ihn.

»Ich kann es immer noch nicht glauben.«

Er nickte.

»Was sollen wir jetzt nur machen?«

Mats zuckte hilflos die Schultern.

Nachdem sie in dieses Zimmer gesperrt worden waren, hatten sie als Erstes nach einem Fluchtweg gesucht. Doch die Gitter vor den Fenstern saßen bombenfest, hinter den Regalen versteckte sich kein Geheimgang und vor der Tür stand eine Wache. Sie saßen fest.

»Unsere Eltern machen sich bestimmt furchtbare Sorgen«, murmelte Lucy vor sich hin.

Mats blickte auf seine Uhr. Es war kurz nach elf. Lucy irrt sich, dachte er. Niemand würde sie vermissen oder nach ihnen suchen, nachdem sie ihren Eltern weisgemacht hatten, dass sie beim jeweils anderen übernachten würden. Nein, auf Rettung konnten sie nicht hoffen. Plötzlich warf Mats einen zweiten Blick auf die Uhr und runzelte die Stirn. Müsste es eigentlich nicht schon viel später sein? Immerhin waren sie eine ganze Weile im Schattenschlund unterwegs gewesen. Auch das Datum auf seiner Uhr stimmte nicht. Es zeigte das vom morgigen Tag an. Der Angriff des Dschinns kam ihm wieder in den Sinn. Ja, das musste es sein. Die Magie des Flaschengeists hatte seine Uhr beschädigt.

Just in diesem Moment klopfte es ans Fenster. Ein

Geräusch, das kaum lauter war, als wäre eine dicke Hummel dagegengeflogen. Lucy fuhr erschrocken herum und auch Mats stand sofort auf den Beinen. Er träumte. Ganz klar. Nun rieb er sich die Augen. Es konnte gar nicht sein, was er dort sah. Wieder hämmerte Tic mit seiner winzigen Faust von draußen ans Glas. Das Gesicht, das er dabei zog, sagte so viel wie: »Worauf wartet ihr Dummbeutel noch? Lasst mich endlich rein!«

Es war Lucy, die zum Fenster eilte, um es zu öffnen. Tic schwirrte hinein und knuffte Mats als Erstes auf die Nase. »Überraschung!«

»Du … du lebst?«, stammelte der und brach in Jubel aus.

Der Feary grinste. »Ich wusste doch, dass du mich vermissen würdest.«

»Aber … ich meine … wie?«

»Als der Blitz auf mich zukam, dachte ich schon: Das war's! Die Welt verliert einen großartigen und verdammt gut aussehenden …«

»Jetzt übertreib mal nicht und komm endlich zum Punkt«, unterbrach ihn Lucy. »Wie konntest du das überleben?«

»Na ja, es war bloß ein Trick: ein bisschen grelles Feuerwerk, nicht mehr. Nachdem ihr dann fort wart, verriet mir der Dschinn, dass er für Mr Myrddin arbeitet. Oder wer immer das auch sein mag, der sich im Hotel eingenistet hat.« Tic blickte sich um und landete auf einem Regal, wo er die Beine baumeln ließ. »Es war ein ziemlich anstrengender Flug«, fügte er hinzu.

Mats lachte. »Ach, Tic, ich bin so froh, dich wiederzusehen.«

»Das ist aber noch nicht alles. Der Dschinn sagte mir außerdem, dass ihr heute Nacht unbedingt in dieser Villa sein müsst, weil etwas Wichtiges geschehen wird. Was, wollte er mir nicht verraten oder er wusste es selbst nicht.«

»So, wie du grinst«, sagte Mats, »weißt du es trotzdem.«

»Wissen ist übertrieben«, entgegnete Tic. »Aber ich habe meine Vermutung.« Nun wurde er wieder ernst. »Es gibt etwas, das ihr erfahren müsst. Es geht um unsere Begegnung mit Morrigan, der Göttin des Krieges.«

»Was ist mit ihr?«, fragte Lucy.

»Nun ja, wir sind ihr zwar entkommen, trotzdem hatte unser kleiner Zusammenstoß mit ihr Folgen. Auf dem Schlachtfeld nährt Morrigan sich von der Lebenszeit der Sterbenden. Den Jahren, die ihnen bis zu ihrem natürlichen Tod geblieben wären, bevor das Schwert ihres Feindes sie durchbohrt hat.«

Mats sah hinab auf seine Uhr. Ihm schwante nichts Gutes. »Was genau willst du uns damit sagen, Tic?«

»Als wir den Nebel des Krieges betreten haben, sind wir in

Morrigans Revier eingedrungen. Auf diese Weise war es ihr möglich, uns ein wenig unserer Lebenszeit zu stehlen. Vielleicht einen Tag, vermutlich jedoch weniger.«

»Wie bitte?« Lucy war blass geworden. »Kann sie das so einfach? Und woran hast du das gemerkt?«

»Wir sind Samstagabend in den Schattenschlund aufgebrochen«, sagte der Feary. »Doch als ich vorhin zufällig zwei Sicherheitsleute in Vlads Garten belauscht habe, sprachen sie davon, dass heute Sommersonnenwende ist. Der große Tag ihres Meisters.«

Mats stöhnte. Seine Uhr war also doch nicht kaputt. »Wisst ihr, was das heißt, Leute? Uns bleiben nur noch knapp vierzig Minuten, um Vlad aufzuhalten, denn dann ist Mitternacht.«

Spiegelreise

»Wartet hier auf mich. Ich habe einen Plan!« Und damit schoss Tic wieder aus dem Fenster.

Mats lief hin und sah gerade noch, wie der Feary um eine der vielen Ecken der Villa verschwand. Was hatte er vor?

Sekunden später zuckten Mats und Lucy zusammen, als ein ohrenbetäubendes Heulen einsetzte.

Der Alarm! Tic musste dafür verantwortlich sein.

Mats und Lucy rannten zur Tür. Auf dem Korridor schien helle Aufregung zu herrschen. Jemand brüllte Befehle. Dann waren Schritte zu hören, die sich von ihrer Tür entfernten. Mats fragte sich gerade, ob er stark genug sei, sie einzutreten, als das Schloss auch schon hell aufglühte und wie Kerzenwachs zerfloss. Er wich zurück. Was war das? Gleich darauf schwang die Tür auf und Tic kam hereingeflattert.

»Ein bisschen Feenstaub«, sagte er grinsend. »Das Zeug ist

für alles Mögliche gut. Und nun lasst uns herausfinden, wo wir diesen Oberidioten Vlad finden.«

Mats trat hinaus auf den Korridor. Lucy und der Feary folgten ihm. Aufgeregte Stimmen drangen aus dem Erdgeschoss zu ihnen herauf.

»Sehen wir uns zuerst die übrigen Zimmer an«, entschied Mats.

Sie rissen alle Türen auf diesem Stockwerk auf. Hinter jeder befand sich ein Zimmer, das ähnlich kalt wie das wirkte, in das Lady Violetta sie gesperrt hatte, bevor sie den Anführer der Nightscreamer über ihre Gefangennahme informierte. Das einzig Auffällige an ihnen war, dass in keinem Fotos hingen oder persönliche Gegenstände wie eine Brille, ein Brief oder ein Schlüsselanhänger lagen. Vlad schien wirklich niemals lange an einem Ort zu bleiben.

»Versuchen wir es in der nächsten Etage«, schlug Lucy vor.

Am Ende des Flurs gab es eine Treppe, die fast so breit und ausladend wie die im Foyer des Greifenhall war. Tic schoss darauf zu. Mats und Lucy liefen hinterher.

Im zweiten Stockwerk der Villa gab es zu ihrer Überraschung nur drei Türen. Mats öffnete die erste. Dahinter befand sich ein luxuriöses Schlafzimmer von der Größe einer Turnhalle. Alles darin war weiß, als wäre es mit einer dünnen Schicht aus Raureif überzogen. Der Anblick ließ ihn frösteln, obwohl es nicht wirklich kalt in dem Raum war. Hinter der zweiten Tür lag ein Konferenzzimmer mit einem langen Tisch aus schimmerndem Glas, an dessen Ende ein thronähnlicher Sessel stand.

»Schaut euch nur die Gemälde an den Wänden an.« Lucy schüttelte sich. »Was sind das für hässliche Kreaturen?«

»Dämonen.« Tic spuckte aus. »Vlad muss noch übler drauf sein, als ich dachte, wenn er sich die hier aufhängt.«

»Zwanzig vor zwölf«, verkündete Mats nach einem Blick auf die Uhr. »Eine Tür ist noch übrig.«

Die Freunde rannten aus dem Konferenzzimmer und erstarrten. Ein Wachmann stand am Ende des Flurs. Er musste die Treppe gerade erst heraufgekommen sein. Bei ihrem Anblick riss er sein Walkie-Talkie hoch. »Ich hab sie, Leute!«, brüllte er hinein. »Sie sind im zweiten Stock.« Er steckte das Funkgerät an seinen Gürtel und lächelte triumphierend. »Von hier oben kommt ihr nicht weg. Gebt lieber auf, bevor ich euch wehtun muss.«

Mats und Lucy sahen sich an, nickten und liefen auf die dritte Tür zu.

»Fang uns doch, du lahme Kröte!«, rief Tic dem Wachmann zu und sauste den beiden hinterher.

»Ihr kleinen Drecksbiester!« Die schweren Stiefel des Wachmanns hallten durch den Flur.

Mats legte noch einen Zahn zu und erreichte die Tür als Erster. Zum Glück war sie unverschlossen, sodass er sie aufstoßen und hindurchstürzen konnte. Sobald Lucy und Tic mit ihm im Raum waren, knallte er sie zu und drehte den Schlüssel zweimal rum. Es gab einen lauten Rums, gefolgt von wütendem Fluchen. Mats grinste. Offensichtlich hatte der Wachmann so viel Schwung draufgehabt, dass er nicht mehr rechtzeitig hatte abbremsen können.

Mats wandte sich zu seinen Freunden um. Lucy lehnte mit hochrotem Kopf an einem Bücherregal aus glänzendem Chrom. Der Feary, der neben ihr schwebte, wischte sich erschöpft den Schweiß von der Stirn. »Sie werden die Tür aufbrechen. Es ist nur eine Frage der Zeit!« Kaum hatte Tic ausgesprochen, drangen Stimmen von draußen zu ihnen herein. Gleich darauf krachte etwas gegen die Tür und brachte sie zum Erbeben. Zum Glück wirkt sie massiv genug, dachte Mats, um wenigstens eine Zeitlang dem Ansturm der Wachmänner standzuhalten.

Er blickte sich um und stöhnte. Der Raum war eine einzige Enttäuschung. Es handelte sich um ein Arbeitszimmer mit einem gläsernen Schreibtisch, auf dem sich schwarze Aktenordner und loses Papier türmten – aber nirgends entdeckte Mats ein Buch, das irgendwie magisch aussah. Es gab auch kein Telefon oder einen Computer, über den er Hilfe hätte rufen können. Dafür hingen auch hier überall Bilder von Dämonen an den Wänden, abscheuliche Kreaturen mit dornenbesetzten Tentakeln, unzähligen Augen und Mäulern. Schaudernd wandte Mats sich ab.

Erneut krachten die Wachmänner gegen die Tür. Der Rahmen erbebte. Nicht mehr lange und sie würden durchbrechen.

»Die Regale stehen alle ein Stück von der Wand weg«, sagte Tic. »Also keine Geheimtür.«

»Der Garten liegt neun Meter unter uns«, meinte Lucy, die zum Fenster gelaufen war. »Bei einem Sprung würden wir uns alle Knochen brechen.«

»Shit!« Mats trat wütend gegen den Schreibtisch und wandte sich dann zu Tic um. »Du kannst immer noch abhauen.«

»Ja«, sagte Lucy. »Verschwinde von hier und warne die anderen Schattengänger vor Vlads Plänen.«

»Die würden mir doch eh nicht glauben«, entgegnete Tic. »Außerdem lasse euch hier nicht alleine zurück. Ihr seid meine Freunde.«

»Aber Lucy hat recht«, wandte Mats ein. »Du …« Der Rest seines Satzes ging im Splittern des Türrahmens unter. Noch ein, zwei Anläufe und die Tür würde nachgeben.

»Ich bleibe«, sagte Tic entschieden. »Was ist übrigens mit

dem Kamin dort drüben? Ihr könntet versuchen, durch den Abzugsschacht aufs Dach zu klettern.«

Lucy lief hin und beugte sich hinein. »Hier ist ein Gitter und … *Aaah.*«

»Lucy? Lucy!« Mats rannte zum Kamin und traute seinen Augen nicht: Er war leer.

»Ein Blendzauber«, schlussfolgerte Tic, der ihm gefolgt war. »Allerdings ein ziemlich mächtiger, ich kann ihn nämlich nicht durchschauen.«

Rumms. Die Tür neigte sich bedrohlich in den Raum.

»Wir folgen Lucy«, entschied Mats und sprang in den Kamin, als die Tür des Arbeitszimmers endgültig nachgab. Im nächsten Moment stand er Lucy auf einer engen, von Feenlampen erhellten Wendeltreppe gegenüber.

»Kein Wort«, zischte Tic, der direkt neben Mats' Ohr aufgetaucht war. »Sie sind jetzt im Arbeitszimmer.«

»Wo sind sie?«, rief einer der Wachmänner.

»Ich sehe sie nicht.«

»Sie müssen aber irgendwo hier sein.«

Mats lächelte. Vlads Männer schienen nichts von dem Blendzauber zu wissen. Stumm bedeutete er seinen Freunden, die Treppe hinaufzusteigen. Nach wenigen Stufen endete sie in einer fensterlosen Kammer, in der ein gut zwei Meter hoher Spiegel aufgestellt war.

»Seht ihr, er glimmt noch«, meinte Tic aufgeregt. »Vlad muss ihn für eine illegale Spiegelreise benutzt haben.«

Mats trat näher an den Spiegel heran und krauste die Stirn. »Warum kann ich uns nicht darin sehen?«

Tic rieb sich die winzigen Hände. »Weil das Portal immer noch offen ist.«

Die Macht des Dämons

Die Reise durch den Spiegel war ganz anders als die mit dem magischen Teleporter. Kaum war Mats durch die silbrige Oberfläche getreten, fand er sich in einer Welt aus Nebel wieder, durch die er wie mit einem Laufband befördert wurde. Aus dem Augenwinkel bemerkte er hier und dort das Aufblitzen weiterer Spiegel im Nebel, an denen er und seine Freunde vorübergetragen wurden. Es war weder kalt noch warm. Der Nebel selbst fühlte sich feucht auf seiner Haut an. Ein paarmal glaubte Mats, einen Schatten durch den Nebel gleiten zu sehen – wie einen großen Fisch –, der jedoch sofort verschwand, sobald er genauer hinsah. Der Gedanke, dass sie nicht alleine an diesem Ort waren, machte ihn nervös, umso froher war er, als vor ihm der Zielspiegel aus dem Nebel auftauchte. Dieser spuckte sie in einen düsteren, von einer einzigen Feenlampe erhellten Tunnel aus.

»Wo sind wir hier?«, flüsterte Lucy.

Mats berührte die Wände des Tunnels. Sie waren aus feuchter Erde, durchzogen von rauen Gesteinsbrocken. Ein seltsamer Ort. Nun warf er einen Blick über die Schulter und sah einen Zwilling des Spiegels aus Vlads Villa.

Tic war ein Stück vorausgeflogen. »Was haben wir denn hier?« Sein Glühen fiel auf eine Bodenplatte.

Neugierig kamen Mats und Lucy näher. Symbole waren in die Oberfläche des Steins eingearbeitet. Sie sahen alt und auch ein bisschen magisch aus.

»Das sind druidische Schriftzeichen«, erklärte Tic auf Mats fragenden Blick hin. »Demnach befinden wir uns in einem alten Hügelgrab in Caledonien.«

»Wo?«, fragte er.

»Ihr nennt es heute Schottland.«

»Ach so, aber was will Vlad hier?«

»Ich kann Rückstände aus den Tagen der alten Magie spüren, als wir Schattengänger noch mächtiger waren.« Tic schüttelte sich. »Offensichtlich war es Vlad nicht genug, dass heute Mittsommernacht ist, und er wollte auf Nummer sicher gehen, indem er zusätzlich die Kräfte dieses Ortes anzapft.« Seine Miene verfinsterte sich. »Beeilen wir uns lieber!«

Er schoss davon. Mats und Lucy liefen ihm hinterher. Nach wenigen Metern kamen sie zu einer Biegung. Dahinter befanden sich Stufen, die in den zuckenden Schein eines Feuers getaucht waren. Mit einem Zeichen gab Mats seinen Freunden zu verstehen, dass er ab jetzt vorausgehen würde.

Die Stufen waren aus dunklem Stein. Vielleicht Granit. Ein paar von ihnen waren gesprungen. Baumwurzeln, knorrig und fast schwarz vom Alter, wuchsen aus den Rissen, sodass die drei achtgeben mussten, wohin sie traten. Mats' Herz schlug jetzt schneller. Würde Vlad sie am Ende der Treppe erwarten? Hatte er Helfer bei sich? Und dann war da noch die geheimnisvollste Frage von allen: Zu welcher Sorte Schattengänger gehörte wohl der Anführer der Nightscreamer?

Plötzlich berührte Lucy Mats an der Schulter. »Hörst du das auch?«

Mats lauschte. Nun vernahm auch er einen eigentümlichen Singsang, von dem etwas Düsteres, ja, Bedrohliches ausging.

»Das klingt nach einem Zauber«, raunte Tic, der auf Mats' linker Schulter gelandet war. »Aber ich weiß nicht, was das für einer ist. Die Sprache ist mir nicht bekannt.«

»Gehen wir weiter und finden heraus, was es ist«, sagte Mats.

Ein paar Stufen tiefer standen sie vor einem schmalen, spaltähnlichen Durchlass, der in das Innere eines ausgehöhlten Hügels führte: die Grabkammer. Mats linste hindurch und sah fünf grob gehauene Steinpfeiler, die eine gewölbte, von Wurzelwerk durchzogene Decke stützten. Als er sich ein Stück zur Seite beugte, erhaschte er einen Blick auf den Anführer der Nightscreamer, der sich im inneren Kreis der Säulen befand.

Vlads hochgewachsene Gestalt ragte vor einem Feuer auf, dessen Flammen die Umgebung in ein schauriges Spiel aus Licht und Schatten tauchten. Aber wenigstens steht er mit dem Rücken zu uns, sodass er uns nicht sehen kann, dachte Mats. Zudem schien er alleine hier zu sein. Mats musterte ihn neugierig. Vlad war groß, fast ein Riese. Pechschwarzes Haar fiel ihm über die Schultern, die ein dunkler Umhang umwehte, obwohl im Hügelgrab kein bisschen Wind ging. Die Hände hatte er wie zum Gebet erhoben, während er seinen unheimlichen Singsang ausstieß.

»Das Buch«, piepste Tic aufgeregt in Mats' Ohr.

Er nickte, er hatte es ebenfalls entdeckt und nun juckte es ihn in den Fingern, sich das Buch zu holen. Es lag keine drei Schritte hinter Vlad auf dem Boden, halb verdeckt von seinem mächtigen Schatten. Der Geist des alten Konrads hatte recht, als er sagte, Mats würde es auf den ersten Blick erkennen. Das *Buch der Schattenflüche* war uralt und in dunkles Leder gebunden. Das alleine machte es jedoch noch nicht zu etwas Besonderem. Es war diese Aura von Macht, die es umgab und die Mats von Tod und Verderben zuflüsterte, die ihn rief und lockte und ihn aufforderte, die grausamen Zauber auf den Seiten des Buches auszuprobieren.

»Was hast du?«, flüsterte Lucy.

Mats sah sie verwirrt an. Konnte sie die Stimme des Buches etwa nicht hören? Er zeigte auf einen klobigen Steinsarg, der ganz in ihrer Nähe stand. Er wollte nicht zu früh von Vlad entdeckt werden und es gab nichts anderes, hinter dem sie sich hätten verstecken können.

»Hört zu«, sagte Mats, als sie hinter dem Sarkophag hockten. »Ich hole jetzt das Buch, während ihr hier auf mich wartet.«

»Aber …«

»Kein Aber, Lucy. Nicht dieses Mal.« Mats wusste einfach, dass er derjenige sein musste, der es holte. Seine innere Stimme sagte ihm, dass es allein *seine* Aufgabe war. Vor allem musste er es tun, bevor es Vlad gelang, dem Buch sein dunkelstes und gefährlichstes Geheimnis zu entlocken. »Sobald ich es habe, rennen wir zurück zum Spiegel.«

»Du bist verrückt«, fauchte Lucy, doch dann küsste sie ihn zu seiner Überraschung. »Viel Glück«, fügte sie mit rauer Stimme hinzu, »und pass gut auf dich auf!«

Mats grinste und hatte das Gefühl, nie wieder damit aufhören zu können. »Das werde ich. Versprochen!«

»Worauf wartest du dann noch?«, forderte Tic ihn auf. »Hol dir endlich das Buch!«

Mats ließ sich auf alle viere sinken und kroch zur Ecke des Steinsargs vor. Noch immer wandte Vlad ihnen den Rücken zu. Das war seine Chance. Doch gerade als Mats aufspringen wollte, zerrte der Feary ihn am Ohr zurück.

»Warte noch, da tut sich was!«

Vlads Singsang war verstummt. Nun bückte er sich nach etwas, das vor ihm auf dem Boden liegen musste. Gleich darauf stemmte er einen riesigen Schädel, aus dessen Stirn gewundene Hörner ragten, hoch über seinen Kopf. Mats starrte ihn mit offenem Mund an. Das Ding musste von einem Dämon stammen.

»Morczane, erhöre mich!« Vlad hatte eine tiefe, volltönende Stimme. »In der Schlacht vor tausend Jahren bist du gefallen, aber in diesen Knochen steckt noch immer ein Teil deiner alten Macht. Ich beanspruche sie für mich und verlange …«

»Jetzt«, zischte Tic. »Er ist abgelenkt!«

In geduckter Haltung lief Mats los. Der Weg war frei, weswegen er sich ganz und gar auf Vlads vom Feuer umrahmte Gestalt konzentrierte. Der Anführer der Nightscreamer rief weiterhin die Macht des toten Dämons an, schmeichelte und drohte dem Schädel, als stecke noch immer Leben in ihm.

Plötzlich verharrte Mats. Er war dem Buch jetzt so nahe, dass er bloß die Hand auszustrecken brauchte, um es zu berühren. Wieder raunte es ihm von der Macht zu, die in seinen Seiten verborgen lag und ihn zum Herrn über Leben und Tod machen würde, wenn er sich ihrer bediente.

Mats schüttelte den Kopf, um die Einflüsterungen aus seinen Gedanken zu vertreiben. Sie waren verlockend, weswegen er ihnen auf keinen Fall weiter zuhören wollte.

In diesem Moment warf Vlad den Dämonenschädel in die Flammen. Knisternd züngelten sie bis hinauf zur Decke und mit einem Mal erfüllte ein grässlicher, nicht menschlicher Aufschrei das Hügelgrab.

Vlad lachte. »Es ist vollbracht. Morczanes Macht ist mein!«

Mats' Hände schossen vor und packten das Buch der Schattenflüche. Höchste Zeit zu verschwinden!

»Hast du wirklich geglaubt, ich hätte dich nicht bemerkt, Menschenjunge?« Vlad fuhr herum. Sein Umhang streifte Mats' Gesicht, sodass der zurückzuckte. »Lauf!«, schrie seine innere Stimme ihm zu, doch Mats sprang nur auf und erstarrte dann. Dort, wo Vlads Augen hätten sein sollen, saßen kalt funkelnde Diamanten. Sie waren Teil einer silbernen Maske, die lediglich seinen Mund freiließ, der unnatürlich breit grinste. Der Anblick war so grotesk, dass er Mats' Blick wie magisch anzog.

»Ich nehme an, du bist den Wächtern entkommen.« Vlad neigte den Kopf von einer Seite zur anderen. »Sobald ich zurück bin, werde ich ein langes Gespräch mit ihnen führen müssen.«

Mats brachte keinen Ton heraus.

»Ich werde das Ritual jetzt beenden. Gib mir das Buch, Menschenjunge!« Der Anführer der Nightscreamer streckte seine Hand danach aus. Sie war groß, mit langen weißen Fingern, die an Spinnenbeine erinnerten.

Mats erwachte aus seiner Starre. Er drückte das Buch an seine Brust und wich langsam zurück.

»Mach dich nicht lächerlich, Menschenjunge. Du kannst mir nicht entwischen, und um gegen mich zu kämpfen, bist du zu schwach.« Es war seltsam für Mats zu sehen, wie Vlad sprach, ohne dass das schaurige Grinsen aus seinem Gesicht verschwand. Wie festgefroren saß es dort. »Gib es mir, dann verschone ich dein Leben vielleicht.«

Mats dachte daran, dass der alte Konrad dafür gestorben war, dieses Buch zu beschützen, und dass ihnen allen ein Krieg drohte, wenn es dem Anführer der Nightscreamer gelang, das Ritual zu beenden. »Niemals!«, schrie er und schoss an Vlad vorbei, um das Feuer zwischen sie zu bringen. Reine Verzweiflung, denn der Anführer der Nightscreamer würde sich davon bestimmt nicht lange aufhalten lassen.

»Du weißt noch nicht einmal, worum es wirklich geht, nicht wahr, Menschenjunge?« Vlads Diamantaugen musterten ihn kalt. »Ich sehe es dir doch an. Niemand hat dir die Wahrheit über das Buch gesagt, dir sein tiefstes Geheimnis offenbart.«

»Ich weiß, dass du uns Menschen vernichten willst!«, schrie Mats ihn über die Flammen hinweg an. »Das reicht mir, um zu wissen, dass ich dich aufhalten will.«

»Mich aufhalten?« Vlad lachte. »Dank Morczanes Schädel verfüge ich nun über Fähigkeiten, mit denen weder Schattengänger noch Mensch es aufnehmen können.« Seine Gestalt verschwamm und löste sich auf, nur, um eine Sekunde später direkt hinter Mats wieder zu erscheinen. Der schrie vor Schmerz auf, als sich Vlads Spinnenfinger in seine Schulter bohrten. »Gib mir das Buch«, knurrte der Anführer der Nightscreamer und drückte noch fester zu, als Mats den Kopf schüttelte. Dieses Mal war der Schmerz so heftig, dass ihm das Buch entglitt und zu Boden fiel.

»Meins!«, rief Vlad und schleuderte Mats mit solcher Kraft zur Seite, dass er gut zwei Meter durch die Luft segelte, bevor er gegen einen der Steinpfeiler krachte.

In Mats' linkem Oberarm knackte es. Tränen schossen ihm in die Augen. Verschwommen sah er, wie Vlad sich nach dem Buch bückte und mit einem Aufschrei zurückzuckte. Etwas

Glühendes war direkt über seinem Kopf erschienen und ließ goldenen Staub auf ihn herabrieseln.

»Niemand tut meinen Freunden weh!«, kreischte Tic und schlug seine Schmetterlingsflügel so fest zusammen, dass eine weitere Ladung Feenstaub in Vlads Gesicht landete. Der Anführer der Nightscreamer wich davor zurück, als bereite ihm die Berührung mit dem glimmenden Staub Schmerzen.

Mats rappelte sich auf, den Arm fest an die Brust gepresst. Das fast unerträgliche Pochen darin ignorierte er. Im Augenblick gab es für ihn nichts Wichtigeres, als sich das Buch zu schnappen und es in Sicherheit zu bringen.

»Darum kümmere ich mich.« Lucy rannte an ihm vorbei, während Vlad unter wütendem Geheul weiterhin vor Tic zurückwich. Als Lucy sich vor dem Hintergrund des Feuers nach dem *Buch der Schattenflüche* bückte, kam Mats eine Idee. »Wirf es ins Feuer«, schrie er ihr zu.

»Was?« Lucy sah ungläubig zu ihm zurück.

»Es gehört mir«, grollte Vlad und schlug nach dem Feary.

»Beeilt euch!«, rief Tic. »Mir geht der Feenstaub aus.«

Mats stolperte auf Lucy zu. »Ohne das Buch gibt es keine Bedrohung mehr. Und Vlad hätte keinen Grund, uns zu folgen.«

Tic kam auf sie zu, direkt hinter ihm war der Anführer der Nightscreamer. »Jetzt mach schon, Lucy!«

Verunsichert sah sie von dem Feary zu Mats, wirbelte dann jedoch herum und schleuderte das Zauberbuch ins Feuer. Mats sah, wie die orangeroten Flammen es gierig umfingen und es tief in ihr knisterndes Herz hineinzogen.

»Nichts wie weg hier!«, kreischte Tic.

Die Freunde jagten dem Ausgang des Hügelgrabs entgegen, während Mats sich bemühte, den hämmernden Schmerz zu ignorieren, der mit jedem Schritt durch seinen gebrochenen Arm wummerte. Es war die Hölle, aber immer noch besser, als Vlad in die Hände zu fallen. Fast hatten sie den schmalen Durchgang erreicht, als eine Explosion das Hügelgrab erschütterte. Das Ende vom *Buch der Schattenflüche*.

Mats wurde von der Druckwelle zu Boden geworfen und stürzte ausgerechnet auf den gebrochenen Arm. Der Schmerz war überwältigend, explodierte als grelles Blitzlichtgewitter in seinem Kopf. Er sah nichts mehr, konnte nur schreien, während flüssiges Feuer sich durch seinen linken Arm fraß.

»Komm schon, Mats, wir müssen weg hier«, drang Lucys Stimme durch den Nebel von Schmerz.

»Geht … ohne … mich.«

»Nichts da!« Tic zerrte an seinem Ohr, bis Mats aufstöhnte. »Warum müssen Menschen bloß so groß und schwer sein?«

Er schnaubte. »Wenn du nicht mit uns kommst, bleiben wir auch hier.«

Mats öffnete die Lider und blickte in die besorgten Gesichter seiner Freunde. Diese Dummköpfe würden es tatsächlich fertigbringen und sich seinetwegen von Vlad schnappen lassen. Verdammt! Mats versuchte, sich hochzustemmen, aber ihm fehlte die Kraft. »Nun hilf mir doch mal einer!«

Lucy packte seine gesunde Hand und zog ihn auf die Füße.

Kurz bevor die drei durch den Spalt schlüpften, warf Mats einen Blick über die Schulter. Vlad stand neben dem Feuer, den Kopf leicht zur Seite geneigt, und grinste Mats auf seine schaurige Weise zu. Vielleicht, weil er nicht anders konnte. Doch da war eine Stimme in Mats' Kopf, die ihm zuflüsterte, dass sie irgendetwas übersehen hatten. Etwas Wichtiges. Doch es wollte ihm im Moment einfach nicht einfallen. Wenige Minuten später erreichten die drei den magischen Spiegel, der sie zurück in Vlads Villa schickte.

Die Prophezeiung der Todesfeen

In Vlads Haus tobte das Chaos. Eine Horde von Höllenhunden war in die Villa eingedrungen und fiel jeden an, der ihren Weg kreuzte. Schmerzensschreie waren zu hören, hier und da fielen sogar Schüsse, gelegentlich ertönte zorniges Bellen. Mats schickte ein Dankgebet gen Himmel. Für ihn, Lucy und Tic war es die Rettung. Niemand bemerkte sie. Alle waren viel zu sehr damit beschäftigt, sich vor den Höllenhunden in Sicherheit zu bringen, sodass sie sich unbemerkt ins Freie schleichen konnten. Doch im Garten begegneten sie selbst einer der blutrünstigen Bestien. Sie war groß wie ein Pferd, ihre Augen glühten in einem feurigen Rot und von ihren Lefzen tropfte giftiger Geifer.

Mats erstarrte mitten im Schritt und sein Herz rutschte ihm in die Kniekehle. Er hatte nicht mehr die Kraft, mit einem weiteren Monster zu kämpfen. Außerdem war da immer noch sein verletzter Arm. Bitte geh einfach, dachte er, und als hätte die Bestie ihn gehört, wandte sie sich einfach ab und trottete davon.

»Jemand mag uns«, sagte Tic, während sie auf das Tor der Villa zurannten. »Jedenfalls kann es kein Zufall sein, dass die Höllenhunde ausgerechnet jetzt aufgetaucht sind.«

»Nummer dreizehn?«, keuchte Mats.

»Hm, vielleicht.«

Als meinte es das Schicksal nach dieser Horrornacht besonders gut mit ihnen, wartete vor dem Tor der Villa sogar ein Taxi auf sie. Mats stolperte darauf zu, gefolgt von Lucy. Ohne nachzudenken, kletterten sie auf die Rückbank. Ihre Erdgnomenmäntel hatten sie zuvor noch rasch in Mats' Rucksack verstaut.

»Wo soll es denn hingehen?«, erkundigte sich der Fahrer.

»Zum nächsten Krankenhaus«, sagte Lucy atemlos. »Mein Freund hat sich den Arm gebrochen.«

Das Taxi fuhr los.

Mats blickte aus dem Fenster und sah Tics davonschwirrender Gestalt nach. Plötzlich lächelte er, unendlich froh, seinen kleinen Freund doch nicht verloren zu haben. Später würden sie sich im Greifenhall treffen.

»He, Sie kennen wir doch!«, rief Lucy mit einem Mal.

Mats blickte nach vorne, wo ihm im Rückspiegel die dunklen Augen des Inders begegneten, mit dem sie auch schon am Tag zuvor gefahren waren. »Schön, euch wiederzusehen. Wie war denn die Disco?«

Lucys Brauen trafen sich über ihrer Nasenwurzel. »Woher wussten Sie, wo Sie uns finden können?«

»Ach, wusste ich das?«

Bevor Lucy oder Mats dem Fahrer weitere Fragen stellen konnten, hielten sie auch schon vor dem hell erleuchteten Eingang der Notaufnahme.

»Das macht dann vier dreißig. Ach was, vergesst es. Das geht auf mich!«

»Danke«, sagte Lucy, nachdem sie Mats aus dem Taxi geholfen hatte.

»Also, wir sehen uns.« Der Inder winkte zum Abschied und rauschte in die Nacht davon.

Als Mats und Lucy zweieinhalb Stunden später völlig erschlagen und einem Zusammenbruch nahe im Greifenhall eintrafen, ging der Ärger erst so richtig los. Mats seufzte innerlich, auch wenn er seine Eltern nur zu gut verstand. Immerhin waren die beiden fast anderthalb Tage verschwunden gewesen und nun tauchte Mats auch noch mit einem gebrochenen Arm auf. Einen Vorteil hatte die ganze Situation jedoch:

Mats' Eltern redeten sich derart in Rage, dass sie völlig vergaßen zu fragen, was überhaupt passiert war. Nachdem die halbstündige Standpauke endlich vorüber war, rief Lucy ihren Vater an, um ihm zu sagen, dass alles in Ordnung war. Danach flohen die beiden auf Mats' Zimmer, wo Tic zusammengerollt auf dem Kopfkissen lag und friedlich vor sich hinschnarchte.

Mats lachte und verzog das Gesicht. »Aua.«

Lucy gähnte. »Wollen wir uns nicht dazulegen? Ich bin hundemüde.«

Als Mats erwachte, war es bereits Mittag. Er weckte die anderen und sie aßen rasch etwas. Anschließend meldete sich Mats bei seinen Eltern unter dem Vorwand ab, Lucy nach Hause bringen zu wollen. In Wahrheit machten sie sich jedoch mit Tic im Rucksack auf den Weg zum Buchladen des alten Konrads.

»Wo ist es?«, platzte der Geist heraus, kaum dass sie sein Geschäft betreten hatten.

Also erzählte Mats ihm aufgeregt, was geschehen war. Mit jedem Wort wurde der alte Konrad blasser und blasser, obwohl das bei einem Geist eigentlich kaum möglich war. »Ihr … ihr habt es zerstört?«, fragte er am Ende von Mats' Bericht. »Wisst ihr überhaupt, was ihr damit angerichtet habt?«

»Wir haben Vlad aufgehalten, was sonst?«, sagte Tic und grinste triumphierend.

»Ihr Narren!« Um den alten Konrad herum erhoben sich Bücher, Scherben und Holzsplitter vom Boden, um in Form kleiner Tornados durch den Laden zu sausen.

Mats packte Lucys Arm und zog sie mit sich, bis sie gegen ein Bücherregal stießen. Sein Atem ging jetzt stoßweise. War der alte Konrad verrückt geworden?

»Ihr habt Vlad *geholfen*! Das habt ihr getan«, schrie der Geist und Ektoplasma spritzte nach allen Seiten. »Habe ich euch nicht gesagt, ihr sollt das Buch zu mir *zurückbringen*? Habe ich euch nicht gesagt, dass es der einzige Weg ist, um etwas absolut Schreckliches zu verhindern?«

»Wir … wir hatten keine andere Wahl«, rief Mats verzweifelt über das Toben des Geistes hinweg. »Vlad war zu stark für uns. Er hätte niemals zugelassen, dass wir mit dem Buch fliehen.«

Der alte Konrad starrte ihn zornig an, wobei er aussah, als würde er jeden Moment wie eine Rakete hochgehen. Aber dann seufzte er einfach nur. »Nein, das hätte er ganz sicher nicht.« Das Wüten um den Poltergeist herum erstarb. Stille senkte sich über den Buchladen. »Wie ich euch schon einmal sagte, war das Buch mehr als eine Sammlung schwarzmagischer Sprüche. Es war der Schlüssel zu einem Gefängnis, in dem eine Gefahr lauert, wie ihr sie euch nicht einmal in euren kühnsten Träumen vorstellen könnt.« Er schüttelte den Kopf.

»Und das sagst du uns erst jetzt?«, schnaubte Tic.

»Eigentlich dürfte ich es nicht einmal jetzt, aber ich muss einfach mit jemandem darüber reden.« Der Geist fuhr sich durch das schüttere Haar. »Ihr müsst Vlad aufhalten, versteht ihr? Die Sache ist noch nicht zu Ende. Durch die Vernichtung des Buches wurde das erste von vier magischen Siegeln gebrochen, die das Gefängnis sichern. Dadurch konnte einer von *ihnen* entkommen. Das ist schon schlimm genug, aber wenn jetzt auch noch die anderen drei rauskommen, wird die Hölle auf Erden ausbrechen!«

»Einer von vier?«, fragte Mats, der nur Bahnhof verstand. »Was heißt das schon wieder? Und wer sind *die* überhaupt?«

»Ihre Namen dürfen nicht genannt werden. Die mächtige Hel hat mir …« Ein Geräusch in den Schatten zwischen den Regalen ließ ihn verstummen. Nervös schaute der alte Konrad sich um. »Ich habe schon zu viel gesagt, Kinder. Ihr müsst jetzt gehen!«

»Aber …«

»Geht, bitte!« Der Geist scheuchte sie zum Ausgang. »Wir werden ein andermal reden. Versprochen!«

Missgelaunt trottete Mats neben Lucy über den Bürgersteig. Von einem Moment auf den anderen hatte sich ihr Triumph in eine Niederlage verwandelt. Er seufzte. Mad Jack wäre so etwas bestimmt nicht passiert. Er hatte immer alles im Griff. Allerdings handelte es sich bei ihm auch um einen Comichelden, während das hier das reale Leben war.

»Dieser blöde Geist hätte uns das mit dem Buch sagen müssen«, tönte es aus Mats' Rucksack. »Schwur hin oder her. Diese Information war zu wichtig, um sie uns zu verheimlichen.«

»Du hast recht, Tic«, brummte Mats. »Aber daran lässt sich jetzt nichts mehr ändern. Wir haben es verbockt.«

»Nicht ganz«, widersprach Lucy. »Noch können wir Vlad aufhalten. Das hat der alte Konrad selbst gesagt. Erst wenn alle vier von diesen Typen frei sind, wird es richtig gefährlich!«

Mats trat nach einer Cola-Dose. »Ich frage mich, wer die sind.«

Auf der anderen Straßenseite brach jemand in Gelächter aus.

Mats hob den Blick und erstarrte. Auf dem Bürgersteig gegenüber stand eine Gestalt in einem schwarzen Kapuzenmantel, bei deren Anblick sich ihm der Magen umdrehte. Vlad! Aber was war das für eine komische Waffe, die er da bei sich trug?

»Er hat eine Sense«, keuchte Lucy.

In diesem Moment hob die Gestalt ihren Kopf. Unter der Kapuze erblickte Mats einen Totenschädel, in dessen leeren Augenhöhlen zwei winzige, giftgrüne Funken glommen.

Mats taumelte zurück, als hätte ihm jemand einen Schlag in den Magen verpasst. *»Der Tod ist euch dicht auf den Fersen«*, hallte die Prophezeiung der Todesfeen durch seinen Geist. Er starrte die Kreatur an und dachte: Das ist er. Das ist einer der Vier, den wir durch die Vernichtung des Buches freigelassen haben. »Wir müssen weg hier!« Mats packte Lucys Hand und lief los. Doch selbst als sie bereits in der Straßenbahn saßen und diese sogar losgefahren war, hallte das schaurige Gelächter des Sensenmannes noch immer in seinen Ohren nach.

Leseprobe
Scary City 2: Der Wächter des goldenen Schlüssels

Mats starrte mit klopfendem Herzen auf die Wand, die das Ende des Tunnels bildete. Er konnte es nicht glauben. Inmitten eines Labyrinths aus schier endlosen Abwasserkanälen hatte er es geschafft, sich ausgerechnet den auszusuchen, der in einer Sackgasse endete. Er wischte sich den Schweiß von der Stirn, fuhr herum und starrte in die glühenden Augen der Mumie. Shit, das sah nicht gut aus!

Mats wich zurück, bis er mit dem Rücken an die Wand stieß, die sich rau und kalt in seinem Rücken anfühlte. Er saß in der Falle. Sein Atem ging jetzt immer hektischer, während die Mumie höchstens noch fünfzehn Schritte von ihm entfernt war. Sie strömte einen widerlichen Gestank nach Tod und Verwesung aus, der selbst den des Abwassers übertraf, in dem Mats bis zu den Fußknöcheln stand. Ob er einen Ausfall nach vorne wagen sollte?

Nein, das konnte er vergessen. Der Kanalschacht war viel zu eng, um an der Mumie vorbeizukommen. Und auch wenn ihre schlurfenden Bewegungen sie langsam und behäbig wirken ließen, wusste Mats nur zu gut, dass der Eindruck täuschte. Wenn dieses Monster wollte, konnte es blitzschnell reagieren. Auf diese Weise war es der Mumie auch gelungen,

Mats von seinen Freunden Lucy und Tic zu trennen. Sie waren auf der Flucht vor einer Gruppe Tunnelkriechern gewesen, als sich die Mumie wie aus dem Nichts auf Mats gestürzt und ihn in diesen Zweig des Kanalsystems abgedrängt hatte.

Zehn Schritte.

Mats blickte sich nach etwas um, das er als Waffe benutzen konnte. Aber im flackernden Licht der Notbeleuchtung konnte er nichts entdecken. Hilflos krallten sich seine Finger in den Stoff seiner Jeans. »Was habe ich dir eigentlich getan?«, schrie er die Mumie an.

Sie lachte. Es war ein heiseres, scharrendes Geräusch, wie wenn Sandkörner aneinanderreiben. »Als ob du das nicht wüsstest, Menschenjunge. Du hast deine Nase in Dinge gesteckt, die dich nichts angehen. Und jetzt wirst du den Preis dafür bezahlen.«

»P-Preis?«, stammelte Mats, der die Antwort bereits ahnte.

»Dein Leben.«

Von Michael Borlik u. a. ebenfalls erschienen:

Der 13. Engel
Namira – Das Geheimnis der Katzenmenschen
Scary City – Der Wächter des goldenen Schlüssels

Unsichtbare Augen
Stumme Schatten
Totgeschwiegen
Abgerechnet
Rosentod
Ihr mich auch
Die Schlangenbrut
Nox – Das Erbe der Nacht

Michael Borlik ist ein Autor der AVA international Autoren- und Verlagsagentur, Herrsching (www.ava-international.de)

Borlik, Michael:
Scary City – Das Buch der Schattenflüche
ISBN 978 3 522 18262 1

Gesamtausstattung: Maximilian Meinzold
Innentypografie: Eva Mokhlis
Schrift: Myriad Pro/Fairydust
Satz: KCS GmbH, Buchholz/Hamburg
Reproduktionen: Medienfabrik, Stuttgart
Druck und Bindung: Friedrich Pustet, Regensburg

5 4 3 2 1° 11 12 13 14

www.thienemann.de
www.borlik.de
www.urban-fantasy.de